鯨 統一郎

戦国武将殺人紀行

歴女美人探偵アルキメデス

実業之日本社

JN190629

実業之日本社文庫

目次

戦国武将殺人紀行

歴女美人探偵アルキメデス

萌黄の、胴肩衣きたる武者、白手拭にて、つふりをつゝみ、月毛の馬に乗り、三尺斗《ばかり》の、刀を抜持て、信玄公、牀机《しょうぎ》の上に御座候所へ、一文字に乗よせ、きつさきはづしに、三刀伐奉る。信玄公、立て軍配団扇にて、うけなさる。

『甲陽軍鑑』より

毛利元就と石見《いわみ》銀山の埋蔵金

佐毘売山《さひめやま》神社に向かう石の階段の登り口にかかるところに人が俯《うつぶ》せに倒れていた。

年配の男性のようだ。その男性に向かって共に六十代と思《おぼ》しき夫婦連れが、ゆっくりと近づいてくる。石見《いわみ》銀山の山道である。夫婦は月に一度ほど石見銀山の山道にある佐毘売山神社に参拝をしている。

「なんだか雲行きが怪しいわ。急ぎましょう」

「いや、もうポツリと来たよ」

「本当だわ」

「引き返そうか」

「ちょっと待って。お父さん、あれ」

妻が夫の腕を摑《つか》んで注意を促す。

「誰か倒れてるわ」

「ホントだ」

夫は一瞬、足が竦《すく》んだが、すぐに「行こう」と気を奮い立たせた。妻が頷くと夫は歩きだす。夫は急ぎ足になるが若くない足には坂道が少々きつい。妻も夫のジャンパーを摘《つま》みながら必死についてゆく。

「もし」

声をかけるが反応がない。夫は、しゃがみこんで倒れている男性の肩を揺する。やはりピクリとも反応がない。

「死んでる……」

夫の呟《つぶや》きに妻は小さな悲鳴をあげた。

＊

ビールの大ジョッキを飲みほすと早乙女静香《さおとめしずか》が爆弾発言をした。

「徳川《とくがわ》埋蔵金の在処《ありか》を解く鍵は徳川家康《いえやす》にあるのよ」

早乙女静香は二十八歳。星城《せいじょう》大学文学部に所属する歴史学者だ。日本史と東洋史、西洋史を統合させた〝世界史〟というジャンルを立ちあげ天才美人歴史学者とマスコミから持ちあげられる事もある。

プロポーションは抜群。その肉体美と脚線美を強調するつもりなのかバブル時代からタイムスリップしてきたような超ミニのボディコンスーツを着ていることが多い。

今日も、いつものように軀《からだ》にピッタリとフィットしたノースリーブの萌葱《もえぎ》色のボディコンスーツを着ている。髪は長く、その光沢も美しい。

「馬鹿じゃないの？」

翁《おきな》ひとみが呆《あき》れたように言った。

翁ひとみは早乙女静香と同い年にして最大のライバルの歴史学者だ。若くして川原《かわはら》学園の准教授を務める。二人とも日本最大の美人コンテストに出場したこともある折り紙つきの美人だった。ひとみは静香よりも、やや背は低いが目は静香よりもパッチリとしている。それが自慢でもある。今日は白いシャツにミニスカートという出《い》でたちだ。

「徳川埋蔵金って幕末から明治になってからの話よ。どうして徳川家初代の家康が絡んでるのよ」

一八六八年に江戸城が無血開城された折りに明治新政府が徳川幕府の御用金を没収しようとしたが江戸城内の金蔵は空であった。明治新政府は幕府が隠匿したと考えた。それ以来、公に私に多くの人間が御用金を探し続けているが見つかってはいない。

「群馬県の赤城山《あかぎ》が有力な隠匿場所の候補地だと聞いたことがあります」

桜川東子《さくらがわはるこ》が会話に参加する。

桜川東子は聖シルビア女学院の大学院生である。もともと西洋のメルヘンを研究していたのだが、ひょんなことから静香と知りあい意気投合し、それ以来、静香の個人的な弟子として行動をともにすることが多くなった。

「さすが東子。物知りね」

「誰でも知ってるわよ」

そう言うと、ひとみも大ジョッキを飲みほし三人はそれぞれお代わりのビールを頼んだ。

今日は歌舞伎《かぶき》町の居酒屋で〈アルキ女《メ》デス〉の定例会が催されていた。〈アルキ女デス〉とは歴史学を縁に結ばれた三人の若き女性たちのウォーキング旅行の会である。過去に数々のウォーキング旅行を敢行している。邪馬台国《やまたいこく》を巡る旅行、名城を巡る旅行、大河を巡る旅行……。

「大政奉還当時の勘定奉行だった小栗忠順《おぐりただまさ》は職を辞した後に上野国《こうずけのくに》つまり群馬県に引っこんだからね」

「小栗忠順が幕府の金を持って群馬に行ったと考えたのね」

「そうよ静香。〝誰かが何かを赤城山中に運ぶのを見た〟って目撃証言まで現れたし」

「〝誰かが何かを〟って何の信憑性《しんぴょうせい》もないじゃないの」

「噂って、そういうもんでしょ」

「埋蔵金の金額は、おいくらでしょうか？」

「ズバリ三百六十万両」

ひとみが答える。

「これは勝海舟の日記に〝軍用資金として三百六十万両ある〟って記述からの類推よ」

「大変な金額ですね」

東子が、さして大変とも思ってないような口振りで言う。

「それがどうして徳川家康に関係してるの？」

ひとみが串から外した焼き鳥をパクつきながら訊《き》く。テーブルに置かれていたミニチュアの鍬《くわ》のような道具で外したのだ。

「焼き鳥を串から外すのを嫌う店主もいるわよね」

静香が脱線した。

「おいしく食べられるように順番を計算して刺してるんでしょ？　最初に食べる位置にあるのは食感を味わってもらうために大きめにしてあったり濃いめの味つけでインパクトをつけたり」

「そうよ、ひとみ。串から外すと冷めやすくなるってのもあるわね」

「でも、この店みたいに串から外す道具を置いてあるのも便利よね」

「お箸で外すより簡単よ」

「もしかしたら弘治二年……西暦一五五六年に徳川家康が家臣の鳥居《とりい》忠吉《ただよし》から受けた

訓戒が関係しているのでしょうか？」

　東子が二人の脱線した会話を本筋に戻す。

「あら東子。よく判《わか》ったわね」

「何？　その訓戒って」

「知らないの？　ひとみ。当時の家康は十五歳。人質として今川義元《いまがわよしもと》の城にいたんだけど〝父の法要を営みたい〟って名目で一時的に生まれ故郷の岡崎《おかざき》に帰郷が許されたの」

「そこで鳥居忠吉と会ったの？」

「ええ。そのときに自分の屋敷に家康を招き入れた鳥居忠吉は蔵に貯めこんだ米と銭を見せたのよ」

「見せびらかしたんだ」

「馬鹿ね。〝自分は老骨でお役に立てませんが、いざという時には、このお金をお役立てください〟って意味じゃないの」

「なるほどね」

「そのときに鳥居忠吉は家康にこういう訓戒を垂れたのよ」

　静香がサッと東子に手のひらを上にして手を伸ばした。〝説明をどうぞ〟という意味だろう。

「たしか、こうだったと記憶しています。〝銭というものは横様に積めば必ず割れ損じるが縦に積めば長く蔵することができる〟」

「正解」

「それが？」

「凡人には、ここから真実を見つけることは無理か」

「何よ真実って」

「いい？　埋蔵金は群馬だ赤城山だって言われて大勢の人が長年探してるけど未だに見つかってないのよ」

「どうしてかしら？」

「そこにはないって事でしょ」

「じゃあどこにあるのよ」

「ズバリ皇居の中」

「ええ？」

ひとみは溜息を漏らす。

「そんなとこ、とっくに明治新政府が探してるでしょ。今の皇居って元は江戸城だったのよ」

「灯台もと暗しよ」

「富士の樹海じゃあるまいし隠すとこなんてないわよ」

「だからあなたの目は節穴だって言うのよ。家康が受けた訓戒を思いだしてみなさいよ」

「銭は縦に積めってアレ？」

「長い文章をまとめる力はあるみたいね」

「それがどうしたのよ。さっきも言ったけど家康と埋蔵金じゃ時代が違うのよ」

「でも家康は神よ」

「は？」

「徳川家にとっては神だってこと。日光東照宮《にっこうとうしょうぐう》に祀《まつ》っているんだから」

「たしかに」

「そんな始祖神の言うことなら子孫代々、守り通すはずよね」

「守り通しても、おかしくはないわね」

「その始祖神がまだ十五歳だった時に聞いた訓戒を家康は肝に銘じたはずよ」

「いざという時のためにお金を貯めて縦に積んでおけって訓戒？」

「そうよ。それを代々、言い伝えて遂に明治維新の時にお金を隠すことを決意したのよ」

「たとえそうだとしても皇居のどこに隠したっていうのよ」

「ズバリ井戸よ」

「あなたって〝ズバリ〟が好きね」

「性格かしら」

「それは良いとして、どうして井戸？」

「〝縦に積む〟ってとこ」

「ああ、なるほど。井戸だったら縦に積めるもんね。でも、とっくに見つかってるって」

「見つかってないから赤城山とか見当外れなところを探してるんでしょうが」

「どっちが見当外れだか」

「大阪城に行ったときに〝城内にあった井戸が位置を変えている〟って勉強しなかったっけ？」

「そういえば……。埋めたりした井戸もあるのよね」

「埋めちゃえば判んなくなっちゃうわよ」

「それもそうか……」

「もし埋蔵金を発見したら所有権は発見者に帰属するのでしょうか？」

東子が訊いた。

「所有権？」

「はい。もし、どなたかが徳川家の埋蔵金をお見つけになったら、その埋蔵金はお見つけになったかたのものになるのか気になったものですから」

「いい質問ね」

「わたしが訊いたら罵倒するくせに」

ひとみが少し、いじけた。

「発見した埋蔵金って法律的には遺失物法の適用を受けるのよ」

「遺失物法……」

「そう。つまり道でお金を拾ったときと同じ扱いなの」

「あ、落とし主が見つからなかったら、もらえるんだ」

「そう簡単じゃないわよ」

静香がレバーを口に放りこむ。

「遺失物法と同じって事は見つけた段階で警察に届けでないと駄目よ。それを怠ると遺失物等横領罪に問われて刑事罰を受けなきゃならないの」

「厳しいわね」

「きちんと届けでても自分のものにならない場合もあるわよ」

「持ち主が見つかった場合？」

「それもあるけど持ち主が見つからなくても見つけた埋蔵金は土地の所有者と山分け

だし」

「全額は、もらえないんだ」

「さらに文化財保護法が適用される可能性もあるわよ」

「何それ」

「見つけた物件すなわち埋蔵金が歴史的価値が高いと見なされたら換金しないで埋蔵金を責任もって保管する義務が生じる場合もあるってこと」

「現金が入らない場合もあるんだ」

「現金にしたかったの？」

「そういうわけじゃないけど」

「あたしたち歴史学者よ。学問的探究以外にないでしょうが」

「でも、どっちみち皇居の中じゃ、あたしたちは探すことはできないわよ」

「だったら別の埋蔵金を探しに行く？」

「別の埋蔵金？」

「家康が家臣から訓戒を受けているのとちょうど同じ頃、子供たちに訓戒を授けていた武将がいるのよ」

「毛利元就《もうりもとなり》、でしょうか？」

「また当たり」

「子供に訓戒といえば毛利元就でしょ。三本の矢よね」

晩年、病床に伏していた毛利元就が隆元《たかもと》、元春《もとはる》、隆景《たかかげ》の三人の息子たちを呼び寄せて一本の矢を差しだし「折ってみろ」と言う。長男の隆元が手に取り力を入れると矢は簡単に折れてしまう。次に元就は三本の矢を束ねて渡し「折ってみろ」と言う。今度はいくら力を入れても折れなかった。元春、隆景も試みるが無駄だった。一本の矢は、すぐに折れてしまうけれど三本束ねれば折れない。これと同じように一人なら敵に敗れることがあっても三人が力を合わせれば敗れることはない。何事も三人が仲良く結束して毛利家を守ってくれという教訓である。

「その訓戒を垂れたのが弘治三年……西暦一五五七年なのよね」

「家康が訓戒を受けたのと同じ時期ね」

「そうなのよ。縁があるわ」

「縁があるのは判るけど埋蔵金って何よ」

「もしかしたら毛利家が石見銀山を長きに亘って管理していたことと関係があるのでしょうか？」

「東子。勘がいいわね」

「毛利元就が埋蔵金を隠してたってこと？」

「それを調べに行くのよ」

「誰が？」

「あたしたちがよ」

「もしかして次の〈アルキ女デス〉の目的地は石見銀山？」

「正解」

「どうして静香に正解を出す権利があるのよ」

「固いこと言わないの。どうせ暇なんでしょ」

「あのねえ。忙しいスケジュールの中からヤリクリして旅行の時間を捻出してるんじゃない。第一、毛利元就が埋蔵金を隠してたって根拠はあるの？」

「大有りのコンコンチキよ」

毎度の事ながら静香の言語感覚についてゆけないひとみである。

「毛利家は石見銀山を管理してたのよ」

「だったら埋蔵金じゃなくて埋蔵銀なんじゃ？」

「ぐ……」

静香は言葉に詰まった。

「そ、それはね、銀がたくさん採れたから資金力が豊富になって金も集まって来るという」

「金でも銀でも、どっちでもいいわ。要するにお宝よね」

「そう、お宝よ。毛利家は石見銀山を四十年近く管理してたんだから莫大な財力を有していたのよ。でも、その使い道については、わずかな記録しか残ってないのよ」

「それは変ね」

「でしょ？　それだけの財を蓄えた毛利家が、あまりその財を使っていない」

「当然、財は、どこかに残されているわよね。それが見つかっていないのね？」

俄然《がぜん》、乗り気になるひとみである。

「そうなのよ」

「財を隠す必要があったのでしょうか？」

東子が質問を発する。

「それがあったのよ」

ひとみとは、やりあう静香だが東子には素直に答える。

「毛利元就の家督は息子が早世したから孫の輝元《てるもと》が継いだのよ」

「孫というと……」

「十一歳。元就に万が一のことがあった場合、敵や内紛で襲われて財力を奪われたとき隠し財産があったら反撃の機会を窺えるでしょ」

「それで財産の一部を万一の場合に備えて隠したっていうの？」

「そーゆーこと」

「生き馬の目を抜くような戦国時代のことだから、ありうるかもね」

「でしょ？　それを見つける旅には価値があるわよ。何しろ埋蔵金を発見したら一攫《いっかく》千金《せんきん》よ」

「やっぱりお金なんだ」

「ぐ」

静香がハッを喉に詰まらせた。

「じゃなくて学者の業績としての一攫千金」

「苦しい言い訳ね」

「もともと全額は入らないって言ったでしょ」

「まあいいわ。でも今まで誰も発見してないのに、おいそれと発見できるわけないいんじゃない？」

「歴史学者が二人もいるのに？」

ひとみを旅に誘うときの静香の殺し文句であった。憎まれ口を叩きあいながらも仲良く旅行に行く静香とひとみである。

「可能性はありますね」

普段はおとなしい東子が追い討ちをかける。

「それに石見銀山って世界遺産よ。行く価値は充分にあるわよ」

「世界遺産に登録されるほどですから歴史的にも価値の高いところなのでしょうね」

「その通りよ、東子」

静香は石見銀山の説明に入る。

「石見銀山の銀は中国やヨーロッパにも広まっていたし坑道なんかの当時の痕跡が数多く残ってるの。それに鉱山から外港に至るまでの生産から運搬の過程がそのまま判るのも評価のポイントよ」

「ご教授ありがとうございます」

東子が丁寧に頭を下げる。

「わかったわよ。行きましょう。石見銀山に」

「そう来なくっちゃ」

「でも静香。埋蔵金があったと仮定して、その在処の目星はついてるの？」

「よくぞ訊いてくれました」

静香がバッグの中から一枚のレポート用紙を取りだした。

「毛利元就が残した和歌があるのよ」

「教養のある武将だったら和歌ぐらい残すでしょ」

「これよ」

レポート用紙には次の歌が記されていた。

――のこりぬる　一木の陰もちる花に
　ものさひしさや　ふるてらの内

ひとみは、その歌をジッと見つめる。

「ふるてらって書かれてるわね。古い寺？」

「ザッツ・ライト」

「具体的には？」

「一説には広島県呉《くれ》市の法専寺《ほうせんじ》」

「もしそこにあるのなら、とっくに見つかってない？」

「その通りよ」

「じゃあ静香は、どこに目をつけているの？」

「判らない。だから現地調査が必要なのよ」

静香はビールを飲みほした。

＊

雨の四月五日――。

石見署で第一回目の捜査会議が開かれていた。

「被害者は吾郷宏平《あごうこうへい》。六十三歳。職業は多々良《たたら》不動産という中堅の不動産会社の嘱託《しょくたく》社員だが同時にプライベートではＭＭＴの会長でもある」

四十絡みの貧相な顔立ちの小柄な男性が説明を始める。県警から派遣された捜査本部長の青戸《あおと》である。

「ＭＭＴというのは？」

どこか、ひ弱そうに見える若手刑事が挙手して質問を発する。三十歳になる海老原《えびはら》勇也《ゆうや》刑事である。ヒョロリとした体格で前髪は垂らしているが、もみあげは刈りあげている。ファッション雑誌で得た流行を取りいれたヘアスタイルだ。だが、いたって平凡な顔つきをしているので、あまり女性にモテた経験がない。

「毛利埋蔵金探検隊という会の略称だ。日本語をそのままアルファベットに当て嵌《は》めている」

「毛利埋蔵金……。毛利元就が埋蔵金を隠していたんですか？」

「その会は、そう考えているようだ」

「その会は公式なものですか？　県が主催しているとか……」

「いや。同じ趣味の人間が集まっている……言ってみれば親睦団体のようなものだろう」

海老原刑事がメモを取る。

「被害者は石見銀山にある佐毘売山神社の石段の下に俯せに倒れていた」

青戸本部長が説明を続ける。

「死亡推定時刻は？」

「四月四日の深夜零時ごろ」

「そんな時刻に被害者は石見銀山にいたんですか？」

「そのようだな」

「いったいどうして」

「不明だ」

「被害者の家から近いとか？」

「被害者の家は出雲《いずも》市だ。直線距離でも四十キロ以上離れている。マラソンでもあるまいし」

「だったら職場の近くとか」

「職場の多々良不動産も出雲市だ」

「被害者が所属していた会……毛利埋蔵金探検隊の事務所はどうでしょう？」

「MMTの事務所は大田《おおだ》市。出雲市よりは近いが二十キロほど離れている。やはり散歩やジョギングで気軽に出向く距離じゃない。まして真夜中だ」

「何らかの意図を持って出かけたという事ですか」

「その可能性が高いだろう」

「死因は何でしょう？」

「石で後頭部を殴られた事によるショック死だ」

「現場の石ですか？」

「そうだ。被害者の血痕が付着した石が現場から見つかっている。直径二十センチほどの楕円形のものだ。雨の降り始めに採集したのでＤＮＡ検出も可能だ」

「犯人の目星は？」

「まだ、ついていない」

「被害者は何かトラブルを抱えていたんでしょうか？」

「現時点では不明だ」

「会……ＭＭＴのメンバーが関わっている可能性は？」

五十絡みの小柄だが体重はありそうな男性……大串《おおぐし》刑事が坐《すわ》ったまま発言した。どことなく笑っているように見えるが地顔である。

「どうして、そう思う？」

「死んだ場所です」

「石見銀山か」

「自宅や職場とは関係のない場所ですからな」

「たしかに〝どうして石見銀山で死んでいたのか〟が一番の謎だ。だが石見銀山に関係のありそうなMMTにしても事務所は遠いぞ」

「そうですが毛利家は石見銀山を管理していました。毛利元就と石見銀山が関係あると聞いたことがあります。被害者が毛利埋蔵金探検隊の会員であることと死体発見場所を考えたら関連が疑われますな」

「たしかに考えられる。だがすべては、これからの聞きこみにかかっている。どうして被害者は石見銀山で死んでいたのか。その答えが判れば自ずと犯人逮捕に近づくだろう」

捜査員たちは一斉に頷《うなず》く。

「大串刑事。海老原刑事。二人は毛利埋蔵金探検隊の会員たちに聞きこみに回ってくれ」

「わかりました」

「他の者は職場関係その他の人間関係の聞きこみだ。心して当たるように」

捜査員たちは返事をすると、それぞれの持ち場に散っていった。

*

三人の美女が出雲空港に降りたった。

早乙女静香、翁ひとみ、桜川東子である。静香はストライプブラウスにハイウエストの紺色のショートパンツ、ひとみはモスグリーンのミニのワンピース、東子はクリーム色のロングのワンピースに小さめの麦藁《むぎわら》帽子を被《かぶ》っている。

「出雲空港じゃなくて出雲縁結び空港ってなってるわよ」

「ただの愛称でしょ。出雲大社が縁結びの神様だから」

「他の神様が怒らないのかしら？」

無駄話をしながら三人はレンタカーショップに赴いた。

「あいにくの雨ね」

「そのうち、やむわよ」

「誰が運転する？」

「東子。お願いできる？」

「畏《かしこ》まりました」

「東子が運転できるって知ったのは良かったわ。東子はこの中じゃ、あたしの次に運転がうまいから」

「この中って三人しかいないじゃないの」

「ひとみがビリ」

「ハッキリ言わなくていいわよ。たしかに、あんたたちは運転がうまいし、わたしはペーパードライバーに毛の生えたようなもんだから」

「毛が生えてるんだ」

「いちいち混ぜっ返さなくてよろしい」

レンタカーショップに東子の免許証を提示してスズキのスイフトを借りた。

「最初に、どちらに参りましょうか？」

「最初はランチよ」

主導権は、いつも静香が握っているのが暗黙の了解だ。

「静香って食いしん坊よね」

「万歳！」

「意味わかんない」

そう言いながら、ひとみが腕時計を確認すると時刻は十二時を過ぎている。

「出雲市駅近辺で探す？」

出雲空港からＪＲ出雲市駅までは車で三十分ほどの距離だ。

「そうね」

珍しく静香が、ひとみの意見に素直に賛成した。

「宿が出雲だもんね」

石見銀山へ行くための最寄り駅はＪＲ大田市駅である。レンタカーを使わない場合は出雲空港から連絡バスで出雲市駅まで行き、そこからＪＲで大田市駅までおよそ三十分。大田市駅からまた路線バスで三十分かけて石見銀山に到着する。ホテルなどは大田市よりも出雲市の方が数が多いので静香たちは出雲市駅に近い宿を取ったのだ。

「じゃあ、まずホテルにチェックインして徒歩で出雲を散策しながら、お昼を食べるところを探しましょう」

三人は東子の運転で出雲市に着くと予約してあるホテル〈スリーアロー〉にチェックインしてから傘を差して街に出た。

「あそこがいいんじゃない？」

静香が目敏《めざと》く小綺麗な和食店を見つける。隣には〈ポプラ〉というコンビニらしき店が建っている。

「お腹も空いてるし、そこでいいか」

三人が和食店に入ると、ちょうど四人掛けのテーブル席が一席だけ空いていた。

「ラッキーね」

静香が他の客に取られないようにと思ったのかサッと坐った。正面にひとみ、ひとみの隣に東子が坐る。隣のテーブル席には男女三人組が坐っている。

「チョーイケメンね」

注文を済ますと、ひとみが隣のテーブル席をチラリと見ながら小声で静香に言った。隣のテーブル席には若い男性が一人と、その男性の正面に三十歳前後と思しき背が低めの女性、その女性の隣に三十代半ばと思しき背が高めで長い髪の女性が坐っている。

「また惚れたの？」

「違うわよ。事実を確認しただけ」

「たしかにイケメンね。ちょっと挑戦的な目つきなのが気になるけど」

「人のこと言える？」

背は、さほど高くなさそうだが端整な顔立ちをしている。向かいに坐る三十歳前後と思しき背が低めの女性は丸顔で栗色の髪の毛は頬辺りで軽く巻かれている。

「正面の女性は小柄だけどかなり色っぽい人よ。その隣は長身で長い髪だけど色気ナシ」

「寸評会はやめなさいよ。〝色気ナシ〟の女性だって、それなりに美人じゃないの」

静香とひとみが馬鹿話をしているときに件《くだん》の男性のスマホの着信音が鳴りだした。男性はすぐに立ちあがり通話ボタンを押して耳に当てながら店の外に向かう。

――え、吾郷先生が殺された？

共に聞き耳を立てていた静香とひとみは思わず顔を見合わせる。イケメン青年と同席していた女性たちも顔を蒼くしている。

――わかりました。


通話を終えた青年は蒼い顔で自分の席に戻った。

「宮地《みやじ》君。いま何て？」

「吾郷先生が殺されたらしい」

「嘘《うそ》でしょ？」

「本当だ」

「どうして……」

「判らない。犯人が誰かも判らないそうだ」

「誰からの電話だったの？」

「隆《たかし》さんだ。今まで警察で事情聴取を受けていたって」

「事情聴取？」

「僕たちのところにも来るかもしれない」

「今夜、通夜かしら」

背の高い女性が呟く。

「判らないけど今すぐに事務所に行こうか」

「そうね」

「でも料理を注文しちゃったわよ」

「あたしたちがいただこうか？」

静香が声をかけた。

「やめなさいよ静香」

「ひとみだって声をかけたかったくせに」

「そんな事ないわよ」

「いいんですか？」

青年が静香の呼びかけに応える。

「いいわよ。ちょうど、お互いに三人ずつだし」

「でも食べ物の好みが」

「かまわないって。あたしたち好き嫌いがないから」

「人の意見も聞かないで」

ひとみの文句は静香には聞こえない。

「スマホの通話を小耳に挟んじゃって悪いけど、あなたたち大変そうだから」

「そうなんです」

「あたしは、こういうものよ」

ちゃっかり三人に名刺を渡して自己紹介する静香であった。

「歴史学者……」

「わたしも歴史学者なんです」

ひとみも負けじと名刺を渡す。

「わたしの名刺も」

背の高い女性が静香に名刺を渡した。名刺には〝税理士　栗栖《くりす》ひなた〟とある。

「税理士さんなんだ」

「ええ。でも見ず知らずの人に料理を押しつけるなんて悪いわ」

「いいから。ちょうど食べるところだったんだから。行って行って。代金は、あたしたちで払うから」

「すみません。では、お言葉に甘えさせていただきます」

三人は店を出ていき静香は店員に事情を説明して三人が注文した料理を引き継いだ。

「うまくやったわね」

静香がニヤニヤしながらひとみに言う。

「何よそれ」

「イケメンと知りあいになれた」

「興味ないんですけど」

「またまたァ」

料理が運ばれてきた。

「あたしノドグロの塩焼き定食がいいわ」

サッサと自分の好みの料理を選《え》りわける静香であった。

＊

森本《もりもと》家の三兄弟が久しぶりに実家に集まっていた。三人と繋がりのある吾郷宏平が殺害された事件について聞くために父親が呼びつけたのだ。

「警察は兄貴を疑ってるぞ」

父親がまだ姿を見せないリビングで次男の春太《はるた》が長男の隆を睨みつけた。

「馬鹿なことを言うな」

隆がムキになって反論する。森本隆は二十六歳。三人とも背は高くないが、みな端整な顔立ちをしている。中でも最も美形なのが長男の隆だろう。無造作に垂らした髪は物憂げで、ある種、耽美的な雰囲気を醸しだしている。

「本当だろ。真っ先に事情聴取されたじゃないか」

次男の春太は兄とは対照的に野性的な雰囲気を発散させている。三人の中では最も目が細いが視線は鋭い。

「長男だから順番に聞かれただけだ。お前だって俺の次に聞かれただろ」

森本家長男の隆と次男の春太は折りあいが悪い。もともと悪かった上に最近は栗栖ひなたという三十六歳になる女性を巡って対立関係が激化している。

「形式的なもんだよ」

「俺もそうだ」

「その割には、やけに時間がかかったな」

「やめなよ、春太兄さん」

末っ子の景三《けいぞう》が春太を窘《たしな》める。景三は春太と違い可愛らしい顔立ちをしている。性格も穏やかで下手をするとひ弱と思われることもある。

三人とも毛利埋蔵金探検隊の会員である。

「隆兄さんは疑われる理由なんてないじゃないか」

「理由ならあるさ」

「どんな？」

「兄貴にとって吾郷さんは恋のライバルだった」

「馬鹿馬鹿しい」

隆は春太の言葉を一蹴した。

「兄貴は栗栖ひなたに、ご執心だっただろ」

「それは、お前だろ」

「どっちにしても吾郷さんじゃ栗栖さんには釣りあわないよ」

景三が割って入る。

「そう思うか？」

「うん。吾郷さんは風俗通いが趣味みたいな人だから」

「え、そうなのか？」

「そうだよ。僕は吾郷さんとは仲が良いから話してくれるんだ」

「意外と女好きなのか」

「そんな人に栗栖さんは相応《ふさわ》しくないよ」

「お前たちは、まだＭＭＴをやめてないのか！」

大きな声の男がリビングに入ってきた。森本篤矢《あつや》である。

「親父」

春太が声をかける。森本篤矢は五十七歳になる。息子たちと違い大柄だ。島根県で幅広く展開する飲食店チェーン〈銀の城〉の社長である。

「そんな了見だから兄弟で揉め事が多くなるんだ」

「別に揉めてるわけじゃないよ。気が立ってるだけだ。吾郷さんが亡くなって事情聴取を受けたんだ。無理もないだろ」

隆が言い訳のように言う。

「だから、そのことを言っとるんだ。MMTに関わっていたから事件に巻きこまれたんだろう」

「偶然だよ」

「偶然ではない。一事が万事だ」

篤矢の怒りは収まらないようだ。

「景三。お前も事情聴取を受けたのか?」

「僕はまだ。明日だと思う」

篤矢は溜息をついた。

「お前たちが、いつまでも埋蔵金ごっこに現《うつつ》を抜かしているからトラブルに巻きこまれるんだ」

「埋蔵金はあるよ」

隆が反論した。

「いいか、隆。金が埋まっているのは山の中じゃない。街の中だ」

「見つけたの？」

景三の目が光を帯びた。

「馬鹿。商売の中に金が埋もれているということを言っとるんだ」

「なんだ」

「なんだじゃない」

「父さんの会社は隆兄さんが継ぐんだから僕はいいだろ」

「隆には継がせない」

「え？」

隆がギョッとしたような声をあげる。

「どういう事だよ」

「埋蔵金ごっこに現を抜かしているような奴に会社は継がせないと言っとるんだ」

隆は反論できない。

「春太も景三もだ」

「もともと父さんの会社に入るつもりはないよ」

末っ子の景三が言う。

「どうしてだ？」

「今の仕事で頑張りたいんだよ」

長男の隆は父親が経営する会社の子会社の飲食店を経営している。次男の春太も、やはり父親の会社が資本提供している農場を経営している。だが末っ子の景三だけが父親とは関係のない〈多々良不動産〉という会社に就職した。

「死んだ母さんだって」

「その話はいいよ」

珍しく景三が父親の話を打ち切った。

「それより兄さんたちは本当に関係ないんだろうね？　吾郷先生の死に」

「あ、当たり前だろ」

そう言うと春太が唾を飲みこんだ。

「隆。お前は？」

「馬鹿馬鹿しい」

父親の問いかけに慌てたように答えると隆は立ちあがり出てゆこうとする。

「ＭＭＴをやめなければ遺産もやらんぞ」

隆は足を止めた。

「父さんは慈善事業をやってるよな」

隆が言った。〈銀の城〉の経営母体である〈モリモト〉はシングルマザーの経済支援に力を入れている。

「それがどうした」

「母さんのことを思ってだろ？　貧乏だった時代に軀《からだ》を壊して早死にした母さんのことを思って」

「それもある」

「夢のある話じゃないか」

「夢じゃない。現実だ。ＭＭＴとは違う」

隆は小さく溜息を漏らした。

「ＭＭＴをやめるんだ。一攫千金など夢みたいな事を」

「商売だって一攫千金だろ」

「商売は確実性がある」

「確実性？　潰れる店、潰れる会社がいかに多いかは父さんから聞いたことがあるよ」

篤矢は言葉に詰まった。

「夢を見ていることに関しては埋蔵金も商売も変わらないだろ」

隆は出ていった。

＊

〈アルキ女デス〉一行は車を駐車場に停めた。

「雨だけど小降りだから歩きましょう」

三人は傘を差して歩きだした。

石見銀山を回る手段としては徒歩の他に自転車とベロタクシーがある。ベロタクシーというのは屋根つきの三輪自転車でガイド兼漕ぎ手が一人と、後部に乗客用の二人分の座席がある。

「最初は大森地区よ」

観光地としての石見銀山は大森地区と銀山地区に分かれる。大森地区は銀山の発展で栄えた集落群だ。大森地区を抜けると実際に銀を掘っていた銀山地区に入る。

「風情のある町並みね」

三人が並んで歩く一本道……目抜き通りの両脇に木造屋が立ち並んでいる。

「この道をまっすぐ行くと石見銀山で一番の見所の龍源寺《りゅうげんじ》間歩《まぶ》に着くわよ」

間歩とは銀を掘るための坑道のことである。

大森代官所跡に建てられた石見銀山資料館を右手に代官所前ひろばを左手に見ながら目抜き通りを進む。龍源寺間歩までは徒歩で一時間ほどかかる。

「ねえ見て。あの銀行。江戸時代の屋敷みたい」

銀行といっても小さなもので〝代理店〟の看板が掛かっている。

「石見銀山って意外と人がいないわね」

ポツポツと観光客の姿が見える程度だ。

「もっと原宿《はらじゅく》みたいに賑やかな通りかと思っていたわ、大森地区って」

「ウィークデイだから、こんなもんよ」

「パン屋さんや喫茶店もあるけど目立たないわね。町並みに埋もれて」

「それがいいのよ。インスタ映えする町並みよ」

「言えてるわね。あら、これは大きな敷地ね。町並み交流センター……昔は裁判所だったみたいよ」

「五百羅漢も見てみましょうか」

左折を指示する標識に〝五百羅漢〟とある。

「五百羅漢って意外と方々にない？」

「あるわね。川越にもあるし大分にもあるわよ」

観光バスの乗降所があり石見銀山公園がある。その脇の道は工事中だ。

「ねえ、もう休憩所があるわよ」

「ホントだ」

「ベロタクシーに乗ってみましょうか」

休憩所、観光案内所脇の広場にベロタクシー待機所がありベロタクシーが一台停まっている。

「あ、でも」

先客の男女のペアを乗せて出発してしまった。

「今は一台しか稼働してないみたいだから次を待ってたら二時間ぐらいかかるわよ」

「歩きましょ。わたしたちウォーキング部なんだから」

三人は、また元の道に戻って歩きだした。町並みが途切れ山道に入る。大森地区を抜けて銀山地区に入ったのである。

「龍源寺間歩に行く前にぜひ行きたいところがあるのよ」

「当ててみましょうか？　静香」

「佐毘売山神社なの」

「当ててみましょうかって言ったでしょ！」

「逆ギレしないでよ、ひとみ。どうせ外れてんでしょ」

「新切間歩《しんきりまぶ》かと思った」

「ほら」

「佐毘売山神社って新切間歩の先にあるわよね」

「そうよ。鉱山の守り神である金山彦命を祀る神社よ」

「山神さんって呼ばれて親しまれていたのよね」

「ひとみも、それぐらいは知ってるんだ」

「当たり前でしょ。銀山のど真ん中にあるんだから」

「神社のお賽銭《さいせん》ってぼろ儲けしてるんじゃないかしら」

「何よ静香。いきなり」

「神社は初詣《はつもうで》のお賽銭なんか大量にゲットするけど税務署には、ちゃんと申告してるのかしら」

「神様に仕える神主が、そんな違反をするわけないでしょ。なんでも自分を基準に考えない方が良いと思うわ」

「もともとお賽銭は非課税ではなかったでしょうか？」

「あ」

「静香説崩壊」

話しながら歩いていると新切間歩に着いた。

「一緒に間歩に来たから、あたしたちマブダチよ」

「昭和語はやめてくれる？」

「通じたんだ」

そう言いながら静香が新切間歩を見渡す。

「静香。ここは、あんまり間歩って感じがしないわね」

「最初は水抜き坑として掘られたのよ」

「地下を掘るとだいたい水が出るもんね」

「でも掘ってるうちに銀が出たんだって」

「ラッキーね」

「坑道は幕府直轄のもののほかに個人の山師が掘ったものもあるのよ」

「静香ってガイドみたいね。ガイドを雇わなくても大丈夫ね」

一行程五百円でガイドを雇うこともできるのだ。

「歴史学者だもの。誰かさんと違って」

「わたしだって歴史学者よ」

「佐毘売山神社までは、もう少しよ」

「意外と登り道ね」

「山だもの」

話しながら歩くので速度が遅くなる二人を尻目に先頭を歩いていた東子が足を止め

た。

「どうしたの？」

「人がいます」

「いくら空いてるからって人ぐらい、いるでしょ。何しろ世界遺産なんだから」

「警察のかたのようです」

「え？」

静香もひとみも足を止める。その視線の先に数人の制服警官と私服刑事らしき男たちが屯《たむろ》している。

「ホントだ」

「行ってみましょう」

静香はスタスタと警官たちが屯する方に向かってゆく。

「しょうがないわね」

ひとみと東子も静香に続く。

「屯ってるのは佐毘売山神社の真下よ」

山に向かう道の左側に石の階段があり、その上に佐毘売山神社は鎮座する。石段の登り口辺りに警官たちが屯していて石段を囲むように黄色いロープが張られている。

「何があったんですか？」

静香が遠慮なく警官の一人に訊く。

「ここで人が死んでたんですよ」

「え？」

「その検証です」

「殺人ですか？」

「それも含めての検証です」

「あたしたち佐毘売山神社に行きたいんだけど」

「残念ですが今はご遠慮してください」

「そんなァ」

「検証中ですので」

「石見銀山で人が死ぬなんて」

「静香。諦めましょう。本来の目的である龍源寺間歩に向かいましょう」

「しょうがないわね」

静香も諦めて更に上へ向かう。

「ひとみと一緒にいると殺人事件によく遭遇するのよね」

「こっちのセリフなんですけど」

「ひとみと会う前は殺人事件に遭遇した事なんてないのよ」

「わたしもよ」

「わたくしのせいかもしれません」

「え、東子の？」

「はい。わたくしは行きつけのバーで殺人事件の話を良く聞いて、その事件に関わってしまいますので」

「行きつけのバーがあるなんて意外ね」

「そっち？」

「静香お姉様もご存じの〈森へ抜ける道〉です」

「あそこか」

「関わるって……」

「殺人事件のお話を聞いて真相を解明するような関わり方です」

「サラリと大変なことを言う子ね」

「龍源寺間歩に着いたわよ」

静香たちは受付で入場料の四百十円を払うと坑道に足を踏みいれた。山腹に四角い坑道が掘られている。

龍源寺間歩は江戸時代に開発された代官所直営の坑道である。全長六百メートルのうち手前の百五十七メートルが公開されている。

「暗いわね」

ひとみの言葉に静香は「明るすぎるのも風情がないわよ」と返した。

「天井も低いし」

「高くするって労力がいるんじゃない？」

「そうかもしれないわね。一メートルの高さの穴を掘るより一メートル三十センチの穴を掘る方が余計に体力も時間もかかるもんね」

「あるいは安全面から穴の体積はなるべく抑えたとか。大きな穴を開けたんじゃ崩壊の危険も高まるでしょうし」

「いずれにしろ銀を掘る人も腰を屈《かが》め気味にしての作業だから大変だったんじゃないかしら。湿気も凄いし」

地面には水が沁《し》みている。

「ひとみ。壁にノミで掘った跡が残ってるわよ」

「ホントだ」

「手作業だったのよね」

「あらためて大変さを感じるわ」

「菊池寛《きくちかん》ね」

静香が言及したのは菊池寛が大正八年（一九一九年）に発表した小説『恩讐の彼方

に』のことである。主殺しの罪を負いながら豊前国耶馬渓《やばけい》の難所に隧道《ずいどう》を開いた了海《りょうかい》の物語。了海は槌《つち》一つで二十一年の歳月をかけて隧道、すなわちトンネルを完成させたのだ。このトンネルが青の洞門である。このトンネルの完成で人々は安全に山を越せるようになった。

「主の仇討ちのために了海を追ってやってきた追っ手に了海の周囲の人が〝あと三年で隧道が完成する。それまで討つのは待ってくれ〟と頼むドラマティックな話でもあるのよね」

雑談を交えながら龍源寺間歩を抜けて登ってきた山道を下り始める。

「なんだか荘厳な気持ちになったわ。ひとみには判らないでしょうけど」

「判るわよ。坑道の中で大昔の人の息吹を感じたわ。まるで、あの坑道が江戸時代へのタイムトンネルの役目を果たしているみたいに」

「たまには良いことを言うのね」

「〝たまには〟は余計でしょ。わたしは常に良いことを考えているのよ……。そうだ、あの事件のことを検索してみようかしら」

「あの事件って?」

「さっきの佐毘売山神社の事件よ」

「途端に現実に戻るのね」

「ねえ」

すぐさまスマホで検索していたひとみが立ちどまる。

「ランチのときに一緒になったイケメンが言ってた人じゃないかしら？　殺された人」

「え？」

「吾郷って言ってなかった？」

「そう言えば、そんな名前だったわよ」

「ほら」

ひとみがスマホのディスプレイを見せる。そこには〝殺された吾郷宏平さん〟という文字が見える。

「ホントだ」

「刑事さんたちに訊いてみる？」

「まだ捜査は継続中のようですね」

東子の視線の先に佐毘売山神社の階段付近で屯している警官や刑事たちの姿があった。

「あれ？　あの人、なんか見覚えない？」

静香が五十絡みの小太りの男性を指さした。ベージュのスプリングコートを着ている。

「そういえば見たことあるような気がするわ」

三人は刑事たちに向かって歩を進める。

「あ」

静香は小太りの男性と顔を合わせた。

「大串さんじゃない？」

「あなたは、たしか……」

「美貌の歴史学者、早乙女静香よ」

「自分で〝美貌〟って言う？」

ひとみの問いに東子は小さな声で〝事実ですから〟と返した。

「そうでした。吉野ヶ里西署にいたときにお世話になった」

「九州の大串さんが、どうして石見銀山に？」

「警察でも刑事教育強化年を設けましてね。私が指導者として全国の警察署を回っているんです」

「そうだったの」

「警部。お知りあいですか？」

若い男性が顔を出した。大串よりも背が高く痩せている。頭は刈りあげにしている。

「あら。あなたも見覚えのある顔ね」

「あ」

「利根川署の海老原さんでしょ」

「よく覚えていますね」

「物覚えはいいのよ」

「君たちも顔馴染みなのか」

大串刑事が驚いた顔で言う。

「利根川署の事件のときにお世話になりました」

海老原刑事が朴訥《ぼくとつ》とした調子で応える。

「あなたも利根川から島根に？」

「研修の一環なんです。犯罪が広域化していまして、その対策のために試験的に」

「余計なことは言わんでいい」

「これも何かの縁ね。事件のことを聞かせてくれない？」

「ご冗談でしょう」

「何かお役に立てるかなと思って」

「間に合っています」

大串刑事はにべもない。

「しかし大串さん。このかたたちは一度、事件を解決した事があるんです」

海老原刑事が助け船を出す。

「実は一度じゃないのよ」

「え？」

「知っている」

「大串さん……」

「だが素人が捜査に口出ししてはいけない事に変わりはない」

「わかったわ」

筋の通った言い分には素直に従う静香である。

「だったら佐毘売山神社に参拝するわ。殺人事件とは関係なく、ただの参拝客として」

「駄目だ駄目だ。まだ鑑識の作業が終わってないんだ」

「警部。作業が終わりました」

鑑識員が報告に来る。静香が大串刑事に小さく笑みを見せた。大串刑事が咳払いをする。鑑識員たちがロープを取り外した。

「行くわよ」

静香が佐毘売山神社への石段を昇り始めた。

「急な石段ね」

「それに段が歪《いびつ》に積み重なってるから危険よ」

「百段ぐらい、ありそうね」

三人は、ゆっくりと石段を昇ってゆく。頂上付近の石の鳥居の手前に苔生《こけむ》す狛犬が待ちかまえ静香は軽く頭を下げると本殿に歩を進めた。三人は、それぞれ賽銭箱に小銭を入れる。

「お賽銭ってある意味、投資よね」

「投資？」

「そう。見返りを期待してお金を託すわけだから」

「神様に対する投資か」

「そーゆーこと」

「わたしは見返りを期待してないから投資じゃないかも。〝いつも、ありがとうございます〟っていう感謝の気持ちをお伝えするだけ」

「良い子ぶってんじゃないわよ」

静香がサッサと参拝を済ませて石段を下ると後の二人も続いた。

「なんだか妙な一日だったわね。宿に帰って、ひとっ風呂浴びて食事をして、お酒を飲みましょ」

「だね」

三人は来た道を引き返し始めた。

＊

静香たちは夕方、露天風呂で躯を休めホテルのレストランで出雲蕎麦《そば》を食べると出雲の街へ繰りだした。雨はまだ止まない。

「やっぱり地元の飲み屋に行きたいわよね」

「ホテルのバーじゃ駄目なの？」

「それは〆よ」

「それも行くつもりなんだ」

「路地裏に回ってみましょうか。意外とそういうところに良いお店があるものよ」

静香はサッサと路地裏に回る。

「こっちはお店の裏側よ」

「でもこのお店、感じが良さそうよ」

店の駐車場にワンボックスカーが停まっていて壁に立てかけられた台車の脇に〈すずり　入口は表通りにお回りください〉という立て看板が置かれている。

「店主の細やかな気配りが感じられるわ」

「表に回ってみましょうか」

静香の考えに納得したのか、ひとみが同意した。表に回ると店の玄関に〈すずり〉と書かれた暖簾《のれん》が掛かっている。

「和風の造りね」

「小さな店だけど感じが良さそうだから入ってみましょう」

飲むことに関してはノリのいいひとみである。中に入ると外装と調和の取れた和風の内装が目に飛びこんできた。

「いい感じの店ね」

店内は狭いが木彫りのテーブルに木彫りの椅子、マントルピースには鑑賞用なのか大きな硯《すずり》が置かれている。すでに一つのテーブルを囲んで先客が六人いた。

「あら」

「あなたたちは……」

「知りあい？」

カウンターの中にいたママらしき女性が先客に尋ねる。ママらしき女性は二十代後半だろうか。小柄だが猫のような大きな目をしている。スーツは客商売用の戦闘服のつもりだろうか、高級ブランドを身につけている。指輪も高価そうだ。

「昼間、レストランで知りあった人です」

先客の六人の中にＭＭＴ――毛利埋蔵金探検隊の中で二十六歳と最も若い宮地周二《しゅうじ》、三十六歳にしてＭＭＴ副会長の栗栖ひなた、三十歳になる野津聡美《のづさとみ》の三人がいた。野津聡美の髪の毛は頬の辺りで軽く内側に巻かれている。

「歴史学者の先生がたなんですよ」

栗栖ひなたが静香たちをママに説明する。

「歴史学者？」

同席していた若い男性が訊きかえす。

「よろしく」

静香が初対面の三人の男性に名刺を配るとひとみと東子も続いた。

「この男性三人は兄弟なんですよ」

栗栖ひなたが説明すると三兄弟はそれぞれ〈アルキ女デス〉の三人に名刺を渡した。

三人の男性は森本隆、森本春太、森本景三である。

「みんなＭＭＴの会員なんです」

「ＭＭＴ？」

「毛利埋蔵金探検隊の略称です。毛利家が隠した埋蔵金を探してる会なんですよ」

「奇遇ね。あたしたちも毛利家の埋蔵金を探しに東京からやってきたのよ」

「え？」

「ここで会ったのも何かの縁ね。ちょっとお話しさせていただけないかしら？」

「申し訳ないんですが」

栗栖ひなたが割って入る。

「わたしたち今それどころではないんです」

「吾郷さんの事でしょ？」

「え、ご存じなんですか？」

「殺害現場で刑事たちが捜査活動をしているところに出くわしたの」

「そうなんだ」

「だから吾郷さんのことを少し聞かせてくれない？」

ＭＭＴの六人は顔を見合わせる。

「あたしたち、こうみえても殺人事件を何度も解決した実績があるのよ」

「歴史学者の先生が？」

「そうなのよ」

静香が過去の実績を説明する。

「驚いたわね」

栗栖ひなたが目を丸くした。だがその顔には期待の色も見て取れる。

「なんだか込みいった話になりそうね。今日は店を貸し切りにするわ」

「ママ……」

ママがドアの表に〝本日は閉店しました〟のプレートをかけに行く。

「この店はＭＭＴの第二の事務所みたいなものよ」

そう言いながらママが静香に名刺を渡した。

「佐伯莉子《さえきりこ》さん……」

「以後よろしくお願いします」

「ホントに第二の事務所だよ。それにママは僕らのパトロンみたいなもんでもあるかな」

森本隆が言った。

「パトロンなんて……。お金は一銭も出してないし逆にこの店を使ってくれて、あなたたちこそ、うちのパトロンみたいなものじゃない」

「店は発展してるしね」

栗栖ひなたが言う。

「今度、二号店を出すのよね」

「羅漢さんのご利益かしら」

「羅漢さん？」

「何かあると、すぐに羅漢寺にお参りに行ってるんです」

「五百羅漢のところね」

　莉子が頷く。

「どんなお店になるの？」

「〈銀の城〉に倣《なら》って、この一号店とイメージを統一しようと考えてるんです」

「〈銀の城〉？」

「この辺りにたくさんある和食の飲食チェーンです。森本さんのご実家が経営なさってる」

「え、そうなんだ」

　ひとみが森本三兄弟に目を遣《や》った。

「〈銀の城〉は銀色の日本のお城がシンボルマークだけど、そのほかにも調度品や内装、食器にみんな一本、銀色の線が入ったデザインで統一してるのよね」

「ＣＩもしくはＶＩね」

「何よそれ」

「ＣＩはコーポレートアイデンティティ。企業の持つ特性を明確に打ち出すこと。ＶＩはその一環でビジュアルアイデンティティのこと。ロゴやシンボルマークなどの視覚的デザインに統一性を持たせることよ」

「この店も硯のイメージで統一しようかと思ってるんです」

「だから以前の鑑賞石を硯に変えたのね」

野津聡美の言葉に佐伯莉子はニッコリと笑みを浮かべて頷いた。

「そういえば、このお店の名前は〈すずり〉よね」

「書道が好きな事もあるんですけど石見銀山に因《ちな》んでもいるんです」

「あら。石見銀山って硯の名産地でもあるの？」

「いえ。漢字です。〝石見〟の〝石〟と〝見る〟という字を合わせると〝硯〟という字になりますから」

「なるほどね。お店が発展してＭＭＴの活動も捗《はかど》る。持ちつ持たれつね」

静香がまとめた。

「じゃあ本題に入りましょうか。話してくれるわよね？　吾郷さんとＭＭＴメンバーの人間関係について」

ＭＭＴのメンバーたちは期せずして栗栖ひなたに視線を向けた。会長の吾郷宏平亡き後、副会長の栗栖ひなたに頼りたくなるのは自然な心理かもしれない。

「わかったわ」

「常識の範疇《はんちゅう》よ」

「詳しいのね」

栗栖ひなたが断を下した。

「MMTの会長である吾郷さんが亡くなった今、話をするのは副会長だった栗栖さんしかいないでしょう」

森本隆に促されて栗栖ひなたが静香たちに吾郷宏平のことを話しだした。

＊

翌朝——。

喫茶店〈シルバー〉の店主が店を開けようと目抜き通りを歩いていた。

「また雨か」

思わず愚痴が口をつく。

（ん？）

店主は目を見開いた。間違いない。目抜き通りに沿って流れる二級河川〝銀山川〟に人が倒れている。背が高く髪の長い女性のようだ。

「もし！」

大きな声で呼びかけるが反応しない。

（死んでる）

そう確信した店主は警察に連絡すべくスマホを取りだした。

＊

石見署に捜査本部が立てられた。事件名が〝石見銀山連続殺人事件〟と記されている。

「被害者の名前は栗栖ひなた。三十六歳。税理士だ」

吾郷宏平殺害事件に引き続き指揮を執る青戸本部長が説明する。

「税理士……」

「実は先に石見銀山で亡くなった吾郷宏平と同じＭＭＴ……毛利埋蔵金探検隊という団体に属している」

捜査員たちがざわめく。

「しかも吾郷宏平が会長で栗栖ひなたは副会長だ」

「毛利埋蔵金探検隊内に揉め事が？」

「どうだ？　海老原」

捜査本部長に指名された海老原刑事が立ちあがる。

「現時点での聞きこみではトラブルは確認できてません」

「しかし妙じゃないか？　吾郷宏平は毛利埋蔵金探検隊の会長、栗栖ひなたは副会長だぞ。その二人が相次いで殺されている」

「やはり団体内部にトラブルがあったと考えるのが妥当では？」

捜査員たちが次々に発言する。

「たしかにその線が本筋だろう。だが早計は禁物だ。まず栗栖ひなたの死因から確認してゆこう。海老原」

「死因はツルハシで胸を刺された事によるショック死です」

「ツルハシ？」

「はい。工事用のツルハシで心臓部を滅多《めった》刺しです」

「女性の胸を滅多刺しとは……」

大串刑事は胸を痛めた。何年、刑事をやっていても残虐な殺しは慣れるものではない。

「そのツルハシは、どこの物ですか？」

「工事現場から盗まれた物だ」

捜査員の質問に青戸本部長が答える。

「盗まれた……」

「小屋の鍵を壊して盗みだしたようだ」

「いつ盗まれたんですか？」

「事件当夜だ」

「盗むことを予《あらかじ》め計画していたのか、それとも殺害を思いついた当日に工事のことを思いだして凶器になりそうな物を物色したのか……」

大串刑事が呟きながら考えを巡らす。

「判らんな」

「犯人の目星は？」

「まだ何も判らんが先の吾郷宏平の事件と同一人物という線が濃厚だな。同じ団体に属し同じ石見銀山で殺されている」

捜査員たちが頷く。

「死亡推定時刻は？」

「四月六日の深夜零時です」

青戸本部長が質問役に回ると海老原刑事が答える。

「これも吾郷と同じ真夜中か」

「第一発見者は？」

「地元で喫茶店を経営している人物で朝、店を開けるために歩いていたところ銀山川に倒れている被害者を発見しました」

「というと被害者は殺害された後に川に投げこまれたという事か」

「そうなります」

「殺害現場は判るか？」

「発見現場のすぐ上の川岸です。死体発見現場のすぐ側の川岸から被害者のものと思われる血痕が発見されました。現在、鑑定を急いでいます」

「事件当日の被害者の足取りは？」

「栗栖ひなたは個人で税理事務所を経営していまして従業員はアルバイトの若い女性事務員が一人だけなんですが、その従業員によれば九時から五時までの勤務時間は通常と何ら変わるところがなかったという事です。ただ」

「ただ？」

「勤務終了後に、どこかに用事があったようですね」

「用事？」

「栗栖ひなたが帰り際に腕時計を見ていたのでアルバイトの事務員が〝何かご予定でも？〟と訊いたところ〝デートよ〟と答えたそうです」

「デートか」

「男性関係でしょうか？」

「判らんが聞きこみ次第だな」

青戸本部長は手元のノートをめくる。

「焦点と思われる毛利埋蔵金探検隊について、もう少し説明してくれ」

「毛利埋蔵金探検隊は自治体などが主催する公式な団体ではありません。同じ趣味の人間が集まった言わば親睦団体です」

「団体の規模は？」

「会員は合計で二十名ほど。ただし会に顔を出さない幽霊会員が多数いまして常時、顔を出しているのは七、八名とのことです」

「どんな活動をしているんだ？」

「埋蔵金を探しています」

「埋蔵金？」

「毛利元就が石見銀山の管理で蓄えた財を、どこかに隠しているという伝承を信じて、その隠し場所を探しているんです」

「徳川の埋蔵金のようなものか」

「でしょうね」

「主立った会員は？」

「外食チェーンの〈銀の城〉をご存じですか？」

「もちろん知っている」

「その社長の息子が三人いるんですが三人とも会員です。ほかに野津聡美という三十歳の女性、宮地周二という二十六歳の男性が主力メンバーのようです」

「毛利埋蔵金探検隊のほかに被害者と関わりのある人物は？」

「栗栖ひなたのバッグから名刺が見つかっています」

「誰の名刺だ？」

「早乙女静香。東京の歴史学者のようです」

「あ」

海老原が声をあげる。

「知っているのか？」

「いえ、その」

海老原は口籠もりながらも事情を説明した。

「よく判らんが名刺を持っていたのが気になる。その人物にも聞きこみを」

「わかりました」

「他の者も聞きこみを始めてくれ」

捜査員たちは持ち場に散っていった。

＊

〈アルキ女デス〉の三人はホテルのレストランでバイキング形式の朝食を摂っていた。

「ようやく雨が止んだわね」

「気持ちの良い朝よ。観光は、これからよ」

ひとみのスマホが鳴った。

「誰から？」

「宮地さんだわ」

「え？　番号教えたの？」

ひとみはイソイソと通話ボタンを押す。

――はい。翁です。宮地さん、お電話をくれてありがとう。わたしは今日は石見銀山の佐毘売山神社以外の神社を見て回りたいんですけど案内していただける？

――それどころじゃないんです。

宮地の声は緊迫している。

――栗栖さんが殺されたんです。

――え？

静香もひとみと同時に声をあげる。

――嘘でしょ。

――残念ですが本当です。

ひとみは絶句した。

「ちょっと貸して」

静香がひとみからスマホを奪う。

――早乙女です。栗栖さんが殺されたって本当？

――はい。それで、あなたたちにも、お知らせした方が良いと思いまして。

――知らせてくれてありがとう。詳しく話を聞きたいわ。

――判りました。

二人は〈すずり〉で会う段取りをつけて通話を切った。

「ひとみ。行くわよ」

ひとみは緊張した面持ちで頷く。〈すずり〉に着くとMMTのメンバー五人が集まっていた。野津聡美、宮地周二、森本隆、春太、景三である。

「栗栖さんがいないのが悲しいわね」

静香の言葉にMMTの面々が頷く。

「わたしも同じ気持ちよ」

ママが言う。

「栗栖さん、税理士として、このお店のことも気にかけていたものね」

野津聡美の言葉にママは神妙な顔で頷く。

「どうして、こんな事に」

テーブルにつくと静香が嘆息する。

「まったく判りません」

宮地が答える。

「殺されたのよね」

「ええ。刑事さんに、あなたのことを訊かれました」

「え？」

宮地周二の言葉に静香が声をあげる。

「どうして？」

「この名刺です」

宮地が静香から渡された名刺を掲げた。

「この名刺を栗栖ひなたさんが持っていたので」

「あ、そうか。名刺交換したものね」

「ええ」

「それにしても栗栖さんまで亡くなるなんて」

「会ったばかりなのにね」

ひとみが言う。

「僕たちも驚いています。吾郷さんに続いて栗栖さんまで」

「吾郷さんはＭＭＴの会長、栗栖さんは副会長だったのよね」

「そうです」

「何かあったの？　ＭＭＴで」

「何もありませんよ」

答えたのは森本隆だ。

「トラブルがあったわけじゃない。だから不思議なんです。どうして会長と副会長が立て続けに殺されたのか」

「でもMMTと無関係とは思えないわよね」

ひとみの言葉にMMTのメンバーは押し黙る。

「個人的な問題かもよ」

静香が呟いた。

「個人的？」

「男女の関係よ」

静香の目つきが、いつの間にか鋭くなっている。

「静香、捜査モードに入ったみたいね」

「捜査モード？」

ひとみの呟きを森本春太が聞き咎《とが》めた。

「わたしたち、いくつもの殺人事件を解決してるって言ったでしょ」

「でしたね」

「驚く話よね」

ママの佐伯莉子が口を挟んだ。

「それで話を聞いてもらおうと呼んだんです」

「宮地が呼んだのか？」

森本隆が宮地周二を睨みつける。

「すみません。勝手に呼んだりして」

「気に食わないな」

「俺たちは、いま精神的に動揺しています」

隆の怒りを補足するように春太が言う。

「悲しんでいます。警察以外の赤の他人に事件のことを話す気持ちにはなれません」

「もっともよね」

「静香……」

「でも、あたしたち赤の他人じゃないのよ」

「え？」

「栗栖ひなたさんとは名刺交換までした知りあいだもの」

「それだけで……」

「話もした。いちど会っただけで好感を持ったのよ、栗栖さんには。なんだか気が合いそうな気がしていたのに」

静香の言葉に座が、しんみりとした雰囲気に包まれる。

「だから少なくとも栗栖さんの死を、このままにはしておけない心境よ」

「知ってることは話すわ」

野津聡美が言った。

「栗栖さんのことを、そんな風に思ってくれるなんて悪気があるとは思えないもの」

「ありがとう」

「俺は帰るよ」

隆が立ちあがった。

「野津さん。部外者に要らないことをベラベラ喋らないでくれよ」

「隆君、わたしはそんなつもりじゃ」

「オレも帰るよ」

春太も立ちあがる。

「これはオレたちの問題だ」

「兄さん……」

景三がオロオロした様子で二人の兄を見上げる。

「勘定は会社に回して」

そうママに告げると隆が店を出た。続いて春太が、それを見た景三も、みなに申し訳なさそうに会釈をして出ていった。

「三人の意見が揃うのは珍しいわね」

野津聡美の発言に静香が「え？」と訊きかえした。

「あの三人、兄弟仲が悪いのよ」

「そうなんだ」

静香は、すっかりうち解けた様子で聡美の隣に腰を落ちつけた。

「三人兄弟は実家に住んでるの？」

「みんな独立してるわ。〈モリモト〉って知ってる？」

「阪急の？」

「いつの時代の話をしてるのよ」

ひとみが静香を窘めた。静香が主に一九六〇年代にプロ野球・阪急ブレーブスで活躍した三塁手、森本潔《もりもときよし》のことを言っていると気づいたのだろう。長髪、髭、サングラスがトレードマークのユニークな選手だった。

「〈銀の城〉は？」

「ママから聞いたわ。島根でよく見かける外食チェーンでしょ」

「ええ。〈モリモト〉は、その経営母体の会社。三人はそこの社長の息子なの」

「そう。お金持ちなのね」

「長男の隆さんは〈銀の城〉系列店の社長をしてるし次男の春太さんも〈モリモト〉資本の農場を経営しているけど三男の景三君だけは〈モリモト〉とは関係のない会社

に就職してるわ」

「可愛らしい顔をして気骨《きこつ》があるのね」

「そう言えるのかしら……。その景三君の勤め先の会社っていうのが死んだＭＭＴの会長の勤め先なのよ」

気がつくと野津聡美も、すっかり静香にうち解けて〝部外者に要らないことをベラベラ喋らないでくれよ〟という隆の警告を完全に忘れているようだ。

「あの三兄弟がいたから話しにくかったけど今なら話せるって事はある？」

静香のざっくばらんな物言いに聡美は一瞬、ギョッとしたような顔を見せたがすぐに「あるわ」と言った。

「野津さん」

宮地が聡美を牽制するように声をかける。

「仲間の秘密をベラベラ喋るなって言うんでしょ？　それは判るわよ。でも事は殺人事件なのよ」

宮地は反論の糸口を摘まれた。

「宮地君だって会長と副会長を殺した犯人を捕まえたいでしょ？」

「もちろん事件が解決してほしいって思ってますよ」

「だったら知ってることは何でも話すべきよ」

「それは警察にでしょう」

「言えてる」

静香が言った。

「宮地君が言ったことは正論よ。あたし正論を言う人が大好きなの。でもね、あたしたちが警察を出しぬいて、いくつもの殺人事件を解決してきたのも事実なの。特にこの捜査を担当している大串刑事と海老原刑事とは顔馴染みよ」

「そうなの？」

「ええ。そんなわけだから事件解決を願うのなら、あたしたちに話してみるのも無駄じゃないと思うわ。もちろん今ここで話すことで重要だと思われることは警察にも言うべきだけど」

「わかったわ」

静香とは気の合いそうな聡美である。

「隆さんも春太さんも栗栖さんにご執心だったのよ」

すぐに聡美が静香に話しだした。

「恋仲だったってこと？」

ひとみが割って入る。ひとみも静香同様、古くさい言葉を好んで使う。本人は〝歴史学者だから〟という言い訳を使っている。

「つきあってはなかった」

「栗栖さんに他にカレシがいたとか？」

「いなかったわ。だから、わたしは栗栖さんが、そのうち隆さんか春太さんとつきあうのかなって思ってた。年の差を乗りこえてね」

「その前に殺されたってわけか。色恋沙汰の可能性も出てきたのね」

「でも……」

静香が考える。

「恋愛の縺《もつ》れで事件が起きるときって、すでにつきあっていてドロドロの関係の果てにって感じが多くない？」

「そういうケースが多いけど一方的な思いこみの果てのストーカー殺人だってあるわよ」

「あ、そうか」

「その点はどうなのかしら？　三兄弟にストーカー的な兆候は？　性格にエキセントリックな点とかは？」

「ないと思うわ」

ママが口を挟む。

「少なくとも店で見る限りはね」

「会でもそうですよ」

ママの言葉を宮地が補強する。

「たしかに兄弟は啀《いが》みあっていた節がありますけど少なくとも他の人に対しては人当たりが良かった印象です。僕たちの目的も一つですからね」

「目的って埋蔵金？」

宮地は頷く。

「ねえ」

静香が何かを思いついたように声をあげる。

「埋蔵金を見つけたって事はないかしら？」

「え？」

真っ先に訊きかえしたのは聡美である。

「あなたたちの目的は埋蔵金を見つけることでしょ？」

聡美が頷く。

「ただ研究するだけじゃないわよね。実際に探検にも行ってたんでしょ？」

「年に一度、行ってました」

「殺された二人が本当に埋蔵金を見つけたとしたら？」

「まさか」

「そのために探してたんでしょ？」

「それは、そうだけど」

「会長と副会長だったら、いちばん埋蔵金に近づいていても不思議じゃないわよ」

聡美と宮地が顔を見合わせる。

「見つけた埋蔵金を独り占めしたくて秘密を共有する会長と副会長を殺していったって事も」

「そんな……」

「いったい誰が埋蔵金を見つけたっていうのよ」

「犯人よ」

「犯人……」

「正しく言うと犯人と会長、副会長の三人」

「そうなるわね」

「ねえ。誰か最近、MMTで埋蔵金を探しに出かけた人はいない？　会長、副会長と三人で」

「一人いるわ」

聡美の言葉にひとみは唾《つば》を飲みこんだ。

＊

捜査会議で新たな動きが報告された。

「森本家の長男、隆ですが、自分の会社の税理を栗栖ひなたに頼んでいました」

報告したのは海老原刑事である。

「被害者と繋がりがあるわけか」

「はい」

「隆の会社の経営状態は？」

「それが……思わしくないようです」

「不正行為などは……」

「まだ判りませんが何らかの不正行為を栗栖ひなたに嗅ぎつけられ、それを隠蔽しようとして殺害したという線も……」

「可能性としては考えられるな。お前はその線を捜査してくれ」

「わかりました」

「ただ」

大串刑事が坐ったまま挙手をする。

「その場合、吾郷の殺害はどうなりますか？　吾郷の会社の税理は栗栖ひなたではありません」

「ふむ」

本部長は考える。

「それは、これからの捜査次第で判明してくるだろう。各自、持ち場に当たってくれ」

捜査員たちは散っていった。

*

静香たちは予約した〈銀の城〉に着いて名前を告げると個室に案内された。注文した料理と日本酒が来ると早速、乾杯して食事を楽しむ。

「おいしいわね」

ひとみが言うと静香は「高いコースを頼んだからね。社長さん、奢《おご》ってくれるかしら？」と返す。

「そんな賤《いや》しいことを考えてるの？」

「だって社長さんに面会を申しこんだのよ」

「〝時間が取れればお伺いします〟って返事だったじゃない」

「来るわよ」

「静香のその確信、どこから来るのかしら」

くだらない話をしているうちに食事を平らげて日本酒が進む。

「やっぱり来ないみたいね、社長さん」

「来るわよ。知らない仲じゃないんだから」

「知らないでしょ。会った事ないんだから」

「息子たちとは会ってるのよ」

「だからといって」

「お待たせいたしました」

個室のドアが開いて年配の男性が入ってきた。その背後には森本三兄弟が続く。静香たちはサッと立ちあがると名刺を渡して自己紹介をした。

「当店オーナーの森本篤矢です」

年配の男性は三兄弟の父親だった。女性陣と男性陣は向かいあって坐った。

「今日は食事とお酒を楽しんでいただけましたか？」

「大変おいしくいただきました」

「それは良かった」

篤矢は笑みを浮かべる。

「素敵なお店ね」

「ありがとうございます」

「銀のお城のマークが秀逸だわ」

「昔から古い物が好きでしてね。この商売を始める前に馴染みの古物商の店で手に入れた銀の城の置物があったんです。それをシンボルマークにしました」

「そうだったの」

「ただ」

篤矢の顔から笑みが消える。

「店やお食事と探索は別の話です」

「判っています。殺人事件の捜査は警察に任せるべき。そう仰《おっしゃ》りたいんでしょう？」

「勘違いしていらっしゃるようですな」

「違うの？」

「違います」

「じゃあ何のこと？」

「埋蔵金ですよ」

「埋蔵金？」

「そうです。あなたがたも埋蔵金を探しに石見銀山にやってきたとお聞きしました」

「そうだったのよね。殺人事件が二件も起きて忘れてたわ」

「殺人事件は痛ましいものでした。しかしその結果、埋蔵金を忘れてくれたのは良かった」

「埋蔵金がいけないの？」

「仕事に身が入らなくなります」

「それは言えてるわね」

「静香……」

「でも、あたしたちは何も本業を疎《おろそ》かにして埋蔵金に現を抜かしてるわけじゃないのよ。あくまで趣味。仕事が休みの時に旅行がてら探しに来たのよ」

「しかし、あなたがたは歴史の専門家でいらっしゃる。その専門家の学者先生が埋蔵金があるなどと言ったら倅《せがれ》たちが影響されます」

「悪かったわね。でも社長さんの息子さんたちは、もう成人して働いている立派な大人、社会人よ。あたしたちが口出すことでも親が口出すことでもないと思うわ」

「その通りだよ父さん」

　隆の言葉に篤矢は溜息をついた。

「早乙女先生。〈モリモト〉は思いのほか大きな会社になりました。大勢の従業員たちの生活が懸かっています。本業に身が入らないのであれば会社を譲ることはできません」

「だったら譲らなければ良いんじゃないの?」

「え?」

声を出したのは隆だった。

「何も会社を世襲しなければいけないって法律はないのよ」

「静香」

ひとみが静香の袖を引く。

「やめなさいよ。よその家の事よ」

「いえ」

篤矢がひとみを遮る。

「仰る通りです。さすがは学者先生。教えられました」

「父さん……」

「それに埋蔵金を探すのは悪い事じゃないと思うわ」

「判っています」

篤矢が、しみじみとした口調になった。

「実は若い頃、私も埋蔵金を探していたんですよ」

「え、父さんも？」

景三が驚く。篤矢は景三の問いかけに頷いた。

「驚いたな」

春太が言った。

「だからなのか」

隆が納得したように言う。

「子供の頃、家に埋蔵金関係の本がいくつかあった。だから俺たちは自然に埋蔵金に興味を持ったんだ」

「なるほど」

春太も納得する。

「でもキッパリとやめました。商売に目覚めたんです」

「知らなかった」

春太が呟く。

「以後は商売一筋です。それが私の方針にもなりました。世迷《よま》い言《ごと》に現を抜かした経験がある私だからこそ判ることです」

「そこまで仰るのなら、あたしに出る幕はないわね」

静香は立ちあがった。

「行きましょう。お食事、おいしくいただきました」

「お代は要りません。話を聞いてもらったお礼です」

「あら悪いわね。そんなつもりはなかったのに」

「静香ったら」

「そうだ」

静香は景三に目を遣る。

「景三さん。あなた吾郷さんと栗栖さんと三人で埋蔵金を探しに行ったんですって？」

景三の顔が強ばる。静香が〈すずり〉で野津聡美から得た情報である。

「景三、お前……」

春太が景三を睨みつける。

「確認だよ」

「確認？」

「法専寺に行ったんだ」

「法専寺って毛利元就の和歌にあった」

「うん。埋蔵金の隠し場所じゃないかって言われた〝ふるてら〟だよ」

広島県呉市にある。

「あそこか」

「まだ見てない場所があったからね」

「それで見つかったの？」

「見つけたら報告してるよ」

　隆も春太も頷いた。一緒に埋蔵金を探している仲間だからこそ景三の発言に納得できたのだろう。

「でも、どうしてみんなに内緒で三人で？」

「内緒にしていたわけじゃないよ。たまたま三人のスケジュールが空いて〝行こうか〟ってなっただけだよ。それを言うタイミングも見つからなかった。でも次の例会では報告するつもりだったよ」

　静香も納得したのか景三の報告を聞くと「ごちそうさま」と言って部屋を出ていった。

＊

　佐毘売山神社の本殿の前で大串刑事は首を捻《ひね》った。

「どうもおかしい」

「何がですか？」

海老原刑事が尋ねる。

「何もかもがだよ」

大串刑事は溜息をつく。

「第一の被害者は、この下で発見された。第二の被害者は銀山川だ」

「近いですよね」

「そうだ。しかも二人はMMTの会長と副会長」

「当然MMTでの揉め事が動機として考えられます」

「ところが」

大串刑事はポケットから煙草の箱を出した。

「禁煙区域です」

海老原刑事に言われて、またポケットにしまう。

「いくら捜査してもMMT内に揉め事は見つからない」

「森本三兄弟の仲が悪そうですが」

「それは兄弟の問題だ。吾郷と栗栖ひなたとは関係ない」

「男女関係はどうです？　森本隆と春太は栗栖ひなたを巡って争っていた節があります」

「まだ、つきあってもいない。殺すほどの動機にはなりえないだろう」

「ですね」

「もう一つ気になるのが、なぜ被害者は夜中に銀山地区に足を踏みいれたのかだ」

「雨さえ降らなければ犯人のゲソ痕でも見つかったかもしれませんが」

「どうだか。砂利道だからな」

二人の刑事は佐毘売山神社を後にした。

＊

ひとみは一人で〈すずり〉を訪れた。ＭＭＴのメンバーが今日も集まっている。

「あら。今日はお一人？」

ママが声をかける。

「そうなの。早乙女さんと桜川さんは二人で山に入っていったわ」

「山？」

「銀山よ。大森地区と銀山地区を貫く目抜き通り以外にも銀山は広がっているのよね」

「そうなんです」

宮地が答える。ひとみは自然な振る舞いで宮地の隣に坐った。

「目抜き通りの西側には山吹城跡や銀山街道がありますし東側には石銀《いしがね》集落跡や本谷《ほんだに》地区、清水谷《しみずだに》地区などが広がっています」

「そうなんだ。ねえ。案内してくれないかしら」

「よろこんで」

「わたしが案内するわよ」

ひとみと宮地の間に野津聡美が割って入った。

「わたしは宮地さんに頼んだのに」

「宮地君は忙しいの」

ドアが開いた。

「あら静香に東子。埋蔵金を探しに行ったんじゃなかったの?」

「人が二人も亡くなっているのに、そんな場合じゃないでしょう」

二人はひとみの隣に坐った。

「邪魔だったかしら?」

「別に」

ひとみはプイと横を向いた。

「ママ。日本酒。冷やで」

やけ酒を飲む態勢のひとみである。

「かしこまりました」

「うまくいってるの？」

静香が小声で訊く。

「何の話よ」

「あなたの恋路よ。この地域には恋の埋蔵金もありそう」

「微妙にうまいこと言ってんじゃないわよ」

「でも、ひとみは恋の埋蔵金は手に入らないかも」

「え？」

「掘り当てたのは野津さんみたいよ」

静香の視線の先を辿ると宮地と野津聡美の親密そうな様子が目に入る。

「静香。日本酒を頼んで」

「もう頼んだでしょ」

「予備のお酒を準備しておくの」

「やけ酒？」

「そんなところ」

「自分で頼みなさいよ」

「わたくしが」

東子がサッと手を挙げてママに日本酒の追加を注文する。

「大酒飲みだってことを宮地さんに知られたくない乙女心か」

「静香には判らないでしょうね」

「大酒飲みの気持ちなら判るわよ」

静香は、ひとみにつきあって日本酒を空けてゆく。ひとみは静香を凌《しの》ぐペースで飲み続けるが空けた徳利は、さりげなく静香の席に置いてゆく。

「やめてよ。あたしがぜんぶ呑んだみたいじゃない」

「いいでしょ」

「それも乙女心か」

「そーゆーこと」

三人の宴は続く。

＊

捜査会議は重苦しい雰囲気に包まれていた。青戸本部長はイライラとした様子で机を人差し指で叩いている。大串刑事はムスッとした顔で目を瞑《つむ》っている。海老原刑事の顔は蒼い。

「袋小路ですな」

　大串刑事が口を開いた。

「ＭＭＴの関係者が犯人だって事は確かなんですよ」

　海老原刑事が口から唾を飛ばすような勢いで言った。

「被害者の一人がＭＭＴの会長、もう一人も副会長なんですから」

「だが野津聡美や宮地周二には動機がない」

　大串刑事が応える。

「会長の座を狙ってとか？」

「人を殺してまで狙うような座でもないだろう」

「ですね」

「森本三兄弟は？」

　青戸本部長が訊く。

「末っ子の景三の勤め先が気になります」

　海老原刑事が答える。

「〈多々良不動産〉……。吾郷と同じ職場だな」

「しかも上司と部下の関係です。パワハラなどがあれば充分に殺人の動機になりますが……」

「聞きこみによればそのような兆候は見られなかった」

大串刑事が呟くように言う。

「MMT内でも同じですね。二人は、むしろ仲がよかった」

「アリバイはないが……。これは野津聡美、宮地周二も同じだ」

「真夜中のことですからね」

「ただし動機が見あたらない。怪しい動きも見受けられない」

青戸本部長が言う。

「仕事関係はどうだ？　栗栖ひなたは税理士だ。顧客先でトラブルなどは……」

「確認できませんでした」

「第一、吾郷宏平と栗栖ひなた両名に同時に動機を抱くような状況が見あたりませんからな」

大串刑事の言葉に海老原刑事が溜息をついた。

＊

静香たち三人はホテルの露天風呂に入っていた。静香を真ん中に左にひとみ、右に東子がいる。

「どうするの静香？　明日の昼には帰らなくちゃならないわよ」

「もう少しで判りそうなのよ」

「間に合わないわよ」

「東京に帰ってから検討する？」

「冗談やめてよ静香。東京に戻ったら本来の仕事が待ってるわ」

「少しは時間を作れるでしょ」

「時間って飲む時間でしょ？　明日も飲み会なんて厭《いや》よ。二日酔いなんだから」

「それは、こっちからお断りよ。あんた自分が呑んだ徳利をあたしの席に置いて飲んだ量をごまかしてるんだから」

「だって」

「ちょっと待って」

静香は目を瞑った。

「何よ」

「徳利を、ごまかして……」

「悪かったわよ」

「なんだか判りそう……」

「わたしの性格？」

「徳利の場所を動かして、ごまかそうとしたのよね」

「しつこいわね」

「それですわ」

東子が言った。

「東子まで、わたしを責めるの？」

東子がサッと立ちあがった。東子の白い肌から湯滴が弾ける。

「ど、どうしたの？　東子」

「判りました」

「判ったって？」

「犯人が判りました」

東子は浴場から出て裸のまま脱衣場に向かって歩いていった。

＊

〈アルキ女デス〉の三人は大森地区から銀山地区へと移る境目付近から南に延びている道を進んで歩き羅漢寺に着いた。平日の午前中、人影はない。奥へ進むと一人の女性が小さな羅漢像の前に佇《たたず》んでいた。

「佐伯さん」

静香が声をかけると女性が振りむいた。スナック〈すずり〉のママ、佐伯莉子だった。

「やっぱり、ここだったのね」

「わたしを捜しに？」

「そうよ。前に〝何かあるとすぐに羅漢寺にお参りに行く〟って言ってたでしょ」

「よく覚えていたわね」

「記憶力は良いのよ」

「でも、どうして……」

「自首してもらいたいからよ」

「自首？」

「ええ」

「何の自首かしら？」

「吾郷宏平さん、栗栖ひなたさんの二人を殺害した罪に対してよ」

佐伯莉子は小首を傾げた。まるで十代の少女のように見えた。

「言ってることが判らないわ」

「あなたが吾郷さんと栗栖さんを殺害したって言ってるの」

「冗談にしても質《たち》が悪いわね」

「冗談じゃないのよ」

「どういうこと？　……って訊くのも馬鹿らしい気がするけど」

「極めて真面目な話よ。いろいろ考えると、あなたが二人を殺害した犯人だって結論に達したの」

「もしそうなら、わたしは警察に逮捕されてるわ」

「警察も騙されていたの」

「誰に？」

「あなたによ。そして、あなたが仕組んだ絡繰《からく》りにね」

「あたしが絡繰りを仕組んだ？」

「ええ、そうよ」

「どんな絡繰り？」

佐伯莉子は今にも噴きだしそうな顔で尋ねる。

「殺害現場の絡繰り」

「殺害現場……。石見銀山ね」

「ところが、そうじゃないのよ。殺害現場は別にあった」

「だって死体が石見銀山で見つかってるのよ」

「犯人が運んだのよ」

「どうして？」

「犯行を石見銀山に結びつけるためです」

東子が答えた。

「二つの犯行は石見銀山とは関係のないところで起きたのです。場所も動機も」

「動機も？」

「はい」

「だって二人ともＭＭＴの主要メンバーで二人とも石見銀山で発見されたのよ。どう見たって石見銀山に関係のある事件でしょう」

「そう見せかけるために、ご遺体をわざわざ石見銀山まで運んだのです」

「誰が？」

「犯人……すなわち佐伯莉子さん、あなたがです」

東子は迷いなく言いきった。

「ひとみの徳利が教えてくれたのよ」

静香が再び話しだす。

「徳利？」

「あなたの店で出してくれた徳利」

莉子が怪訝そうな顔をする。

「ひとみは自分が大酒飲みだと思われたくないばっかりに自分が呑んだ徳利をあたしの席に移していたのよ」

「それが？」

「徳利を移動させて真実を誤認させた。徳利を遺体に置き換えてみたら見えたのよ。あなたの仕掛けた絡繰りがね」

「つまり、あなたは遺体の場所を移動させて真実を誤認させたってわけ。わたしの徳利移動が真実を暴いたのよ」

「偶然だけどね」

ひとみが静香を睨んだ。

「わたしは無関係よ。動機がないもの」

「〈すずり〉が二号店を出すそうね」

「お陰様で。でもそれが？」

「失礼だけど〈すずり〉がそれほど儲かってるとは思えないの」

「ホントに失礼ね」

「高級ブランドを身に纏《まと》い指輪も高価そう」

「日銭が入る商売よ。資金繰りには困ってないわ」

「でも、きちんと税金を払ってる？」

「え？」

「どんな商売だって税金を払わなくて良いなら楽よね」

「何が言いたいの？」

「あなたが脱税してるんじゃないかってこと」

　莉子の顔が強ばった。

「正規の収入額をきちんと申告していないんじゃない？」

「そんなこと」

「できるわよね？　やろうと思えば。日銭が入って、そのお金を自宅に持ち帰って申告しなければ良いんだもの。つまり、あなたは自宅に埋蔵金を隠していたのよ」

「埋蔵金……」

「そしてそれを税理士だった栗栖ひなたさんは気がついた」

「静香。最初に殺されたのは吾郷さんよ」

「吾郷さんと栗栖さんはMMTの会長、副会長の仲よ。そして〈すずり〉はMMTの第二の事務所とも言える店。吾郷さんと栗栖さんの間で、その話が出ていたとしても不思議じゃないわ。吾郷さんは不動産会社に勤めてるし店の規模から自らピンと来た可能性もあるわね」

「なるほどね」

「それで吾郷さんは、あなたに詰めよった。目的は判らないわ。お金か情事か」

「ちょっと待ってよ。脱税なんてやる必要がないわ」

「そうかしら？　二号店を出すのは大変なことよ。このお店の規模と繁盛具合からして税金を払ってたら難しいんじゃないかしら」

「それをやり遂げたのよ」

「その硯」

静香はマントルピースに飾ってある大型の硯を指さした。

「どうして突然、飾ったの？」

「言ってなかったかしら？　二号店を出すに当たって、お店のイメージを統一するのよ。硯のイメージでね。その一環よ」

「前は鑑賞石が飾ってあったのよね」

「そうよ」

「それが凶器なんじゃないかしら？」

莉子の顔が蒼ざめる。

「あなたは店で吾郷さんから脱税のことを問いつめられた。そして言うことを聞かなかったら公にするって言われたのかもしれない。そうされたら二号店を出せなくなる。

すべてが悪い方に回って破産するかもしれない。実際、その危険があったのよね。追徴金が課されたら馬鹿にならないものね。それで切羽詰まったあなたは思わず目についた石で吾郷さんの頭を殴ってしまった」

「馬鹿を言わないで」

「あなたは車で吾郷さんの遺体を大森地区の入口付近まで運んだ。その先は車が入れないから台車で運んだんでしょ？　車と台車ならお店の駐車場にあるものね」

莉子は反論しない。

「そして、そのことに栗栖さんは気がついた。気がついてもおかしくないわよね。吾郷さんに〈すずり〉の脱税の話をした直後に吾郷さんが殺されたんだから」

「それで栗栖さんも殺したのね」

ひとみが言う。

「栗栖さんは事件のあった日、結果的に殺されるとも知らずに〈すずり〉を訪ねたんだわ。そこであなたに疑惑を突きつけた。いえ栗栖さんは真相を突きつけたのよ。栗栖さんを生かしておけば自分の罪は逃れられないと悟ったあなたは隙を見て栗栖さんを刺し殺した」

莉子の喉が蠢《うごめ》く。

「ツルハシで刺したわけじゃないわよね？　ツルハシを正確に心臓に打ちこむのはか

なり難しそうだもの。ナイフか包丁だったら至近距離からズブリといけばいけそうよ」

ひとみが「怖いこと言うわね」と東子に囁く。

「ツルハシを使ったのは店の包丁を使った痕跡を消すためでしょうね」

莉子の軀から力が抜けてゆく。

「後は同じ。車と台車で石見銀山まで運んだのよ。石見銀山関連の連続殺人だと思わせるためにね」

「台車やワンボックスカーを初めとして〈すずり〉内のルミノール反応などを調べれば証拠は出るかと思います」

東子の言葉に莉子は膝を落とした。

*

静香たちが東京に帰る日、森本三兄弟が出雲空港まで送りに来てくれた。

「ありがとう」

「よかった。間に合って」

隆が言った。

「空港に送りに来てくれるって連絡を受けてから、あたしも用意した物があるのよ」

「何ですか？」

静香が右手に一本、左手に二本の矢を持っている。

「この一本の矢は、すぐにでも折れそうでしょ？」

静香が右手を掲げた。

「そうですね」

「でも三本束ねたらどうかしら？」

静香が左手の矢を右手に移して三本を束ねる。

「折ってみて」

「俺がやってみるよ」

春太が静香から三本の矢を受けとると両手で持ち、しばらく見つめていたがおもむろに手に力を入れる。矢はミシミシと音を立てて折れた。

「あ」

静香が間抜けな声をあげる。

「折れましたけど」

景三が笑いを堪えている。

「それよ、それ」

「仕事には、そのパワーが必要よ。それを言いたかったの」

「ごまかしちゃって」

「早乙女さんの訓戒、胸に刻んで仕事に邁進します」

隆が言った。

「あら埋蔵金探しはやめたの？」

「そっちも続けますよ。あくまで趣味として」

「実はＭＭＴは解散するんです」

「え、そうなの？」

「会長と副会長が殺されましたからね。それどころじゃないだろうと」

「そうね」

「これからはＭＭＴというしっかりした活動じゃなくて個人個人の趣味として、たまに飲み会でも開こうと」

「いいかもしれないわね。あたしたちもそんな感じでウォーキングの会を続けてるから」

ひとみと東子が頷く。

「今回のこと、みなさん本当にありがとうございました」

「え？」

三兄弟が深々と頭を下げた。そろそろ離陸の時間が迫ってきていた。

＊

機上の人となった〈アルキ女デス〉の三人は石見銀山の地を旅立った。

「結局、埋蔵金は見つからなかったわね」

ひとみが溜息混じりに言う。

「毛利元就が残した歌にある古寺には、なかったようだし」

「でも何かヒントを残しているはずなのよ」

「ヒント？」

「たとえば三本の矢」

「あれは、ただの創作逸話でしょ」

「そうかしら？　もしかしたら実際に元就が息子の誰かに三本の矢を見せたのかもしれないわよ。ただし教訓としてではなく」

「教訓じゃなかったら何なのよ」

「暗号よ」

「和歌の中に暗号が隠されていると思われたように三本の矢の逸話自体が暗号なので

しょうか?」

「その通りよ」

「仮にそうだとして何を表しているのよ、三本の矢は」

「ここよ」

静香は広げた地図のある一点を指さした。

「三隅《みすみ》町?」

島根県の海に近い地域である。

「たしか現在は浜田《はまだ》市になっているはずです」

東子が注釈を入れる。

「静香。古いガイドブックを使ってるんじゃない?」

「かつて三隅町は那賀《なか》郡に存在しておりましたけれど二〇〇五年に浜田市、旭《あさひ》町、金《かな》城《ぎ》町、弥栄《やさか》村と合併して浜田市となりました」

「どっちでも良いわ。あたしが問題にしてるのは毛利元就の時代だから」

「三隅町に埋蔵金があるって言うの?」

「三隅町の中の矢原」

「ヤハラじゃなくてヤバラね」

「そう。三隅の矢原よ。三本の矢は三隅の矢原を指しているのよ」

「どうかしらね」

ひとみは、あまり乗り気ではないようだ。

「矢原は天然記念物である三隅大平《おおびら》サクラを擁する風光明媚なところだと聞いたことがあります」

「そうなの？」

「はい。コワ温泉があって矢原川沿いには蛍が飛びかいカジカの鳴き声を耳にするとも」

「そんないいところだったら毛利元就が埋蔵金を隠そうと思っても不思議はないわよ」

「どっちにしろ、もう遅いわよ」

「そうね」

静香は窓から地上を見下ろす。

「時間に余裕ができたら探しに行こうかしら」

飛行機は東京を目指している。

*

森本篤矢は一人で浜田市三隅町矢原地区にある林の中を歩いていた。周囲に人影はない。三十分ほど歩いただろうか。小さな祠《ほこら》の前で足を止めた。

「かあさん」

篤矢は胸の中の妻に呼びかけた。妻の生前、妻を呼ぶときには「かあさん」と呼んでいた。その時の呼びかたである。

「ここが私が財宝を見つけた場所だよ」

篤矢と妻が出会った若い頃、篤矢は無一文だった。一攫千金の夢だけは強く持っていた青年だった。何をして良いのか判らず毛利元就が隠したとされる埋蔵金を探して歩いた。

そして……。

篤矢はこの場所で埋蔵金を見つけたのである。それは銀ではなく小判だった。毛利元就が石見銀山で得た銀を元にして蓄財した財だと思われた。

篤矢は、そのことを公表せずに秘匿した。公表したら自分の手元に現金が残らない可能性も生じると危惧したからだ。篤矢は密《ひそ》かに小判を運びだすと知りあいの古物商を通じて換金した。その現金を元手に飲食店〈銀の城〉を起ちあげたのである。

「子供たちが埋蔵金探しに夢中になっているると知ったときには驚いたよ。血は争えないと思った」

篤矢は、しみじみとした口調で脳内の妻に語りかける。

「空になった埋蔵金の場所を探すことに時間を費やすのは大いなる無駄だし深入りしてゆけば私がすでに見つけていることに気がつく日が来るかもしれない。そのことを恐れて私は子供たちに埋蔵金を探すことを禁止した」

風が強くなった。

「無駄だったようだがね」

篤矢は自分自身に頷く。

「子供たちは私が思っていた以上に逞《たくま》しく育ってくれたようだ」

篤矢は祠を見つめた。

「私は余生を慈善事業に捧げるつもりだ。財宝を独り占めしてしまったことへの、せめてもの罪滅ぼしだ。子供たちにも、その精神だけは伝えようと思っている」

それだけ言うと篤矢は踵《きびす》を返した。風が弱まった。そのそよ風が篤矢には妻が頬笑《ほほえ》んだように感じられた。

上杉謙信と川中島の秘密

結婚式当日——。

長野《ながの》県長野市松代《まつしろ》町に建つ旅館〈風林荘《ふうりんそう》〉の跡取り息子、竹田聖《たけだきよし》は結婚式場控え室で婚約者の富樫《とがし》マリナを待っていた。

竹田聖は三十歳になる。中肉中背で、やや丸顔だが端整な顔立ちだと言えるだろう。目も丸く大きい。

「遅いな」

〈風林荘〉の主人で聖の父親である竹田晃倫《こうりん》がギョロリとした目を剝いて言う。聖の目が丸いのは父親譲りだろう。父親はデップリと太っているので聖も油断をすると太るかもしれない。

「見てきます」

聖の母親にして晃倫の妻である〈風林荘〉女将《おかみ》の竹田早紀《さき》が立ちあがった。竹田早紀は若い頃の美しさを未だに保持している女性だった。

「僕も行くよ」

聖も立ちあがったときスマートフォンの着信音が鳴った。

「僕のだ」

聖は脇のテーブルに置いてあるセカンドバッグからスマホを取りだして耳に当てた。竹田晃倫と早紀の夫婦も聖に注目する。

――はい。マリナ？

晃倫の目が更に見開かれる。

――今どこ？

――ごめんなさい。結婚は、できません。

スマホから相手の声が漏れ聞こえてくると晃倫は思わず腰を浮かせた。

――こんなときに冗談はやめてくれよ。

聖は笑っている。

――冗談じゃないの。

電話越しに聞こえる富樫マリナの声は真剣だった。

――冗談じゃないって……。

聖の顔が蒼くなる。

――ごめんなさい。

――謝ってもらっても困るよ。早く来てくれ。

――行けません。結婚式には出ません。

――そんな。

晃倫が聖の手からスマホを奪いとった。

――あんた、ふざけたことを言ってもらっちゃ困る。

晃倫は、ほとんど怒鳴っている。
——式には親類縁者、お世話になった人、街の重鎮、みんな呼んでいるんだ。
——本当に申し訳なく思っています。
早紀が近づいてきてスマホに向かって大きな声を出す。
——理由は何なの？　マリナさん。どうして急に式を辞めるなんて。
——式だけじゃありません。結婚自体を辞めるんです。
——だから、そのわけを訊《き》いているのよ！
——理由は……。
三人は固唾《かたず》を呑んでマリナの次の言葉を待つ。
——言えません。
——そんな……。僕のどこがいけなかったんだよ。

晃倫が再びスマホを聖から奪いとる。

——いいか。二度と戯《たわ》けたことを言うな。もし式に来なかったら、お前を不幸のどん底に叩きおとしてやる。お前たちなど

通話が切れた。晃倫は、すぐにかけ直した。だが二度と応答はなかった。

＊

〈アルキ女《メ》デス〉の三人は吉祥寺《きちじょうじ》のハーモニカ横町に繰りだしていた。すでに一杯目のビールのジョッキを飲みほして三人ともグレープフルーツサワーに移行している。

「珍しいわね、静香《しずか》が定例会に歌舞伎《かぶき》町以外の場所を選ぶなんて」

ひとみが摘《つま》みの塩辛を頬張りながら言う。

「たまたまよ。井の頭動物園に用があったから」

「猿でも譲り受けるつもり？」

「なんであたしが猿を譲り受けるのよ。そうじゃなくて都内の恩賜公園を回るマイブームが来てるのよ」

「ウォーキングの足慣らし？」

「そんなとこかしら」

「わたしのマイブームは織田信長《おだのぶなが》ね」

「今さら？　しかも訊いてないし」〈

「織田信長はエキセントリックで家臣たちを些細《ささい》なことで罰したり粛正したりしたという印象があります」

「東子《はるこ》。だいたい合ってる」

「織田信長＝女性説ってあったでしょ？」

ひとみが話を進める。

「知らないわよ」

「え、知らないの？　『女信長』」

「テレビドラマか」

「小説が原作よ」

「あくまで小説でしょ。信長が女だったなんて現実にはあり得ないでしょ」

「それが、そうでもないのよ」

「根拠があるっていうの？」

「あるわよ。信長って女性みたいな甲高い声だったの」

「それだけ？」

「それだけじゃないけど」

「男性だって甲高い声の人は大勢いるわよ」

「別の面から説明するわね」

ひとみが塩辛を摘みながら言う。

「塩分の取りすぎは寿命を縮めるわよ」

「しょうがないでしょ好きなんだから。それより信長の女性説よ。信長といえば天才的な才能を持つ武将と思われてるけど幼い頃は虚《うつ》けと呼ばれていたのよ」

「誰でも知ってるわよ。虚け……すなわち馬鹿者だったたって」

「ところが武将として一本立ちをし始める頃から、どんどん逞《たくま》しく賢い天才的な武将に変わってゆくの。人が変わったみたいにね。これは女性だった信長が男性として生きる覚悟を決めたからじゃないかしら」

「人が変わったみたいに……」

「そうなのよ」

「本当に人が変わったんじゃないかしら？」

「え？　静香、どういうこと？」

「だから誰かが信長の代わりに信長になったのよ」

「言ってることが、ぜんぜん判らないわ」

「女だった信長が男性として生きる覚悟を決めたから変わったんじゃなくて本当に人が変わったから人が変わったようになったの」

「誰か別の人物が信長に成りかわったって言うの？」

「そうよ」

「本物の信長はどうしたのよ」

「死んだのよ」

「ええ？」

静香の言葉に驚かされるひとみである。

「本能寺の前に？」

「もっとずっと前に死んでいた。本能寺で死んだ信長は成りすましていた偽者の信長よ」

「いったい誰が信長に成りすましていたって言うのよ」

「織田秀孝《ひでたか》」

「それ信長の弟じゃない」

「そうよ」

「秀孝は、たしか弘治元年（一五五五年）に誤って味方に矢で射殺されてるはずよ」

「さすがひとみ。歴史学者だけあって良く知ってるわね」

「褒めていただいたのはいいけど織田秀孝はすでに一五五五年に死んでるのよ。信長の身代わりになれるわけないでしょう」

「死んだからこそ身代わりになれるんでしょうが。死んだと見せかけて実は信長を殺して自分が信長になったのよ」

ひとみは手にしたグレープフルーツサワーのグラスをテーブルに置いて静香の言葉を考える。

「秀孝が死んだ事になってるのは一五五五年。信長の快進撃はその翌年から始まるのよ。入れ替わったとしたら辻褄《つじつま》が合うわ。虚けだった信長がとつぜん天才的になって快進撃を始めた辻褄もね」

「秀孝が計画的に信長を殺して自分が信長に成りかわったってこと？」

「そうよ。いい？　考えてみて。信長は織田家の家督を継ぐべき人物よ」

「そうよ」

「その人物が虚け者だったら家臣たちはどう思うかしら？　虚け者の代わりに優秀な人物を立てたくならない？　時は弱肉強食の戦国時代よ。自分たちが身を寄せる織田家の当主になる人物が虚けだったら家ごと滅ぼされてしまうかもしれないんだから」

「たしかに優秀な人材を立てたくなるでしょうけど」

「織田信長の成りすまし作戦を考えたのは家臣たちだと仰《おっしゃ》るのですか？」

「そうよ東子。秀孝派の家臣たちでしょうね」

「普通に信長から秀孝に交代することはできなかったの？　虚けだから交代しましたって」

「そんなことを言ったら他国に弱みを見せることになるでしょう」

「かもね。生き馬の目を抜くような時代だから少しでも弱みを見せたら攻めこまれる恐れがあるわよね」

「その通りよ」

「でも、それでしたら秀孝を死んだ事にするよりも信長を死んだ事にした方が良いのではないでしょうか？　交代ではなく死んだ事にすれば自然に家督を継げるのではないですか？」

「信長を殺しても秀孝は家督を継げないのよ」

「そうなのですか？」

「信長は兄弟が多いもの。秀孝の上には信長以外に三人も兄がいたのよ」

「そうなのですね。信長が死んだら秀孝よりも兄たちが家督を継ぐことになるのですね」

「ザッツ・ライト。家臣たちが見るところ秀孝が最も優秀な人材だったんじゃないかしら。それは、その後の快進撃を見ても判るわよね。だから家臣たちも身代わりなんてウルトラCの大技を考えてまで秀孝に家督を継がせたかったのよ」

「よく判りました。見当外れな憶測を申しあげてすみませんでした」

「謝ることないのよ。正しくて充分な情報さえ与えられれば東子の推理力は、あたしに匹敵するぐらい確かなんだから」

さりげなく自分を褒めながらも東子には優しい静香である。

「以上のことから秀孝が織田家の家督を継ぐには信長に成りすますしか方法はないって判るのよね」

「他国の武将たちには露見しないでしょうか？」

東子が新たな疑問を呈する。

「虚けだったから、もともと表だった舞台には顔を見せていない。信長の顔は、あまり知られてないはずよ。秀孝は弟だから信長に似ていた可能性はあるわよね。一度や二度、遠くから信長を見ただけの人じゃ別人だって判らないんじゃない？　だからこそ、この計画を思いついたのかもしれないし」

「バレないってことね」

ひとみの言葉に静香が頷く。

「でも……」

ひとみはなおも考える。

「それだったら信長の兄弟たちは秀孝が信長に成りかわったって当然、判るでしょうから文句を言うんじゃない？　特に家督を継ぐ立場の兄弟は」

「逆らう者は粛正される……。秀孝は、そのことを徹底させたでしょうね。逆らう者は消し去り、そして黙らせるために」

「だから信長は粛正が多かったっていうの？」

「そーゆーこと。信長に成りすました秀孝は粛正によって周囲を黙らせたのよ」

「その辺りは秀孝派が一丸となって協力して成りすましの信長を守ったって事かしら」

「ひとみは理解力はあるわね。創造力はないけど」

一言余計なんだよ、とひとみは思ったが黙っていた。

「柴田《しばた》勝家《かついえ》は果敢にも新生信長に戦いを挑んだけど負けて言いなりになったのよ」

「言われてみると、あれは唐突な宣戦布告だったわね」

「もしかしたら光秀《みつひで》も……」

「え？」

「明智《あけち》光秀が謀反を起こした理由よ。信長が偽物だって気づいたから……」

「信長女性説よりも成りすまし説の方が信憑性《しんぴょう》ありそうね」

「ひとみは話が判るから好きよ」

「女性説だったら信長より謙信《けんしん》の方が知られてるわよね」

上杉《うえすぎ》謙信。越後長岡の武将である。甲斐の武将、武田信玄《たけだしんげん》と川中島《かわなかじま》で死闘を繰り広げたことは有名だ。その際、上杉謙信は軍の総大将でありながら武田軍の本陣に一人で乗りこみ武田信玄と一騎打ちをしたと伝えられている。

「今度のウォーキング旅行は川中島に決定ね」

川中島は新潟と山梨の中間点である長野県にある。

「いきなり？」

「人生は、いつもいきなりよ」

「人生じゃなくてウォーキング旅行なんですけど」

「同じ事よ。ウォーキングも人生も。あら、あたし今、哲学的なこと言った？」

「ていうより演歌っぽい」

「浪花節だよ人生は？」

「上杉謙信が女性だったというお話は聞いたことがあります」

東子が話を戻す。

「そうよね。それなりの根拠はあるもの」

「どのような根拠でしょうか？」

「生涯、結婚しなかったって事が最大の根拠ね」

「たしかに、あの時代の武将にしては珍しいわよね」

「それだけでも謙信が女だったって疑うには充分よ。でも証明されたわけじゃないのよね」

「証明されたら重大事件でしょ」

「それを証明しに行こうって話」

「判りました」

（判ったのかい！）

東子の気持ちが判らないひとみである。

「問題は宿ね」

「あ、わたし川中島の近くに知りあいがいるわ。上村《うえむら》さんっていうの」

人のいいひとみは知らずに静香のペースに巻きこまれてゆく。

「いくら親しい人だからって三人も泊まるなんて図々しい真似はできないわよ」

「その人、ホテルのオーナーよ。〈ホテルニューパライソ〉っていう」

「え、あんた、そんな人と知りあいなの？」

「ええ。しかもその人、独身、子供なし」

「ホテルのオーナーで独身？」

「そうよ」

「離婚でもしたの？」

「一度も結婚の経験ナシよ」

「何歳？」

「上村さんは……たしか五十歳前後のはずよ」

「充分ひとみの守備範囲ね」

「どうしてわたしの守備範囲を勝手に決めるのよ！」

「怒らないでよ。彼氏いない歴ん十年のあなたを思っての事よ」

「よけいなお世話。上村さんは恋愛対象には、ならないわよ。むしろ学問上の友だち」

「学問上？」

「そうよ。上村さんは上杉謙信に心酔していて、わたしが新潟で上杉謙信に関する講演をしたときに知りあったのよ。上村さん自身も謙信の研究家でもあるのよ」

「謙信の研究家……。あたしたちと同じでロマンを秘めた人ね」

「でも苦労人なのよ。元々は親が新潟でビジネスホテルを経営してたんだけど、うまくいかなくて」

「ホテル業界も大変だって聞くわよ」

「そうよ。その人の父親も借金で凌《しの》いでたんだけど高利の借金が祟《たた》ってビジネスホテルは潰れたんだって」

「息子がホテルを建てたのは親子二代に亘ったリベンジなのかもね」

「その通りよ。父親のホテルが潰れてライバル店が急成長したのを目の当《ま》たりに見た上村さんは自分もいつかホテル業界で急成長したいって思ったらしいわ」

「上村さんにとってはホテル経営も戦いなのね。だから決戦の地として川中島を選んだのかしら」

「川中島を選んだのは武田信玄の存在も大きいと思うわ」

「武田信玄？　その人は上杉謙信の研究家なんでしょ」

「上村さんの経営上のライバルがいるのよ。武田信玄に心酔している旅館経営者が」

「なんだか宿命めいている話ね。その人が川中島に旅館を？」

「そうなのよ」

「その武田信玄心酔者に戦いを挑むために川中島にホテルを建てたってわけね。五百年の時を隔てて川中島の戦いが再現されたって感じね」

「運命的だったのは、どっちの経営者も歴史好きってこと」

「いずれにしろ、ホテル経営者の人は良い知りあいね。これからウォーキング旅行は、その土地の歴史研究会を訪ねる旅にしない？」

「あのねえ。歴史に興味がある人がホテルのオーナーだったのは、あくまで〝たまたま〟なのよ」

「それもそうね。今回はその〝たまたま〟に感謝して宿はそこで決まり！　割引してくれるわよね？」

「まずそこ？」

「割引してくれたら助かるじゃない。大事なことなので二度言いました」

「訊いてみるわよ」

文句を言いながらも最後は静香の意見に同意するひとみではあった。

＊

早朝——。まだ駐車場が開いていない川中島古戦場史跡公園。

「誰もいないわね」

星菜々子《ほしななこ》が呟《つぶや》くように言った。星菜々子は三十三歳。〈ホテル　ニューパライソ〉のブライダル部チーフの座にある。身長は百六十センチに少し足りないが女性らしい丸みを帯びた体つきをしている。丸顔で目も丸く可愛らしい顔立ちだ。

「入ろう」

「大丈夫ですか？」

富樫マリナが心配そうに訊く。富樫マリナは二十八歳。菜々子と同じく〈ホテルニューパライソ〉勤務でフロント係を務める。身長は百六十センチほど。ツルンとした肌の持ち主で卵形の顔の中に大きな目と小さな口、それに高い鼻がバランスよく収まっている。

「大丈夫よ」

星菜々子は、かまわずに公園内に足を踏みいれる。富樫マリナも仕方なく菜々子の後に続いて公園内に入った。

川中島古戦場史跡公園は長野県長野市にある大きな公園で川中島の戦いで特に激戦となった八幡原《はちまんばら》の戦いがあった地すなわち古戦場を整備して造られた。ＪＲ長野駅からバスで二十分ほどの距離にある。

公園内の八幡社境内にある武田信玄と上杉謙信の一騎打ちの像の前に来ると星菜々子が立ちどまって振りむいた。

「マリナ……」

富樫マリナを見つめる星菜々子の目は潤んでいた。星菜々子は、そのまま近づいてきてマリナを抱きしめた。

「星さん……」

マリナは両手で菜々子の両腕を摑《つか》む。

「あなた！」

女性の叫び声がした。菜々子はサッとマリナから離れた。後ろを振りむくが誰もいない。

「今のは何？」

マリナに訊くがマリナは首を横に振るばかりだ。

「しっかりして！」

また叫ぶような声がした。

「あっちよ」

声がした方に菜々子は歩きだす。声は公園内にある池の方から聞こえたようだ。

「誰もいないみたいだけど……」

菜々子の後をついてゆきながらマリナが言う。

「四阿《あずまや》の中じゃない？」

池の畔《ほとり》に四阿が建てられている。

「行ってみましょう」

菜々子は心持ち歩を速めた。四阿に近づくと四阿の中に屈《かが》みこむ女性の背中が見えた。女性の足下には大柄な男性が仰向《あおむ》けに倒れているようだ。

「あの」

菜々子が声をかけると女性が振りむいた。〈風林荘〉の女将、竹田早紀だった。

「竹田さん……」

竹田早紀の目からは涙が流れていた。

「どうしたんですか？」

「主人が……」

倒れている男性はデップリと太っている。竹田早紀の夫、晃倫のようである。

「大変」

菜々子はポケットからスマホを取りだした。

「救急車を呼びましょう」

「手遅れです」

「え？」

早紀が立ちあがって竹田晃倫の姿が明らかになった。晃倫の胸には深々と刃物が刺さっていた。

＊

川中島署に捜査本部が立てられた。

「被害者は竹田晃倫。六十七歳」

捜査本部長の堀内《ほりうち》が説明を始める。堀内は五十三歳。長野県警の刑事部長である。長身で顔も細いが眼光は鋭い。

「川中島近くの旅館〈風林荘〉の主だ」

「〈風林荘〉……。武田信玄に心酔している主が経営している宿じゃなかったでしたっけ」

中年の女性刑事が坐《すわ》ったまま発言する。

「その通りだ。地元のテレビでも何度か取りあげられている。武田信玄に心酔するあまり、とうとう川中島に旅館を建てたという人物だ」

「すごい執念ですね」

「武田信玄は合戦には連戦連勝で戦上手と呼ばれた武将だ。竹田晃倫は、その辺りに感じ入っていたようだ。それが経営方針にも反映されて絶対に負けない経営を目指していた」

「ライバルに負けないという事ですか」

「ああ。それが、こんな形で挫折するとは」

堀内が溜息を漏らす。

「死体発見現場は？」

若いヒョロリとした刑事が質問を発する。二十代半ばの青柳慶《あおやぎけい》。信濃署から応援に借りだされた刑事である。

「百瀬《ももせ》さん」

堀内捜査本部長は隣に坐る男性に話を継いだ。男性は立ちあがってホワイトボードの横まで歩いていった。川中島署署長の百瀬である。百瀬も堀内と同じ五十三歳。背は、さほど高くないがガッシリとした体格をしている。百瀬署長は複数の捜査員からの一次捜査の報告を受けて事件の全体像を把握している。

「死体発見現場は川中島古戦場史跡公園の中。この公園は以前は八幡原史跡公園という名称だったが平成二十九年七月から川中島古戦場史跡公園に名称変更している」

「川中島古戦場史跡公園……。妙なところで発見されましたね」

青柳刑事の言葉に百瀬署長は頷《うなず》く。

「死因は何ですか？」

「心臓を包丁で刺された事による失血、およびショック死だ」

「凶器は見つかっていますか？」

青柳刑事が質問を重ねる。

「見つかっている。被害者の胸に刺さったまま発見された」

会議室がざわめいた。

「凶器から指紋は？」

「二種類の指紋が検出された。照合の結果〈風林荘〉の板場で働く二人の調理師のものと判明している」

板場とは調理室のことだ。

「〈風林荘〉の調理師？」

「ああ。つまり凶器の包丁は〈風林荘〉の板場のものということだ」

「調理師は何と言ってるんですか？」

「いつ板場から包丁がなくなったのか判らないと」

「二人が嘘《うそ》をついているか二人以外の者が犯人で、その犯人が手袋などをして包丁に指紋がつかないようにして犯行に及んだかのどちらかですね」

「川中島古戦場史跡公園は、かなり広い公園ですが、どの辺りで発見されたんですか？」

別の者が質問する。

「川中島古戦場史跡公園の中に歴史博物館があるのは知ってるか？」

「知ってます」

「その博物館の前に池があって、その池の畔の四阿の中で発見された」

「四阿の中……。第一発見者は？」

「妻の早紀だ」

「妻が……。何時ごろですか？」

「八時二十分頃」

「駐車場が開く前ですね。そんな時間に公園に入ったんですか？」

「そうだ。その場には〈ホテル　ニューパライソ〉の従業員である星菜々子と富樫マリナもいた」

「どういう事ですか。早朝の公園に三人もの人間が入りこんでいるというのは」

「妻の早紀は夫の姿が見えないので捜しに出たと言っている」

「早朝の公園の中を？」

「竹田晃倫は、よくその辺りを散歩していたらしい。だから早紀は夫の姿が見えないので〝ひょっとして川中島古戦場史跡公園かも〟と思って捜しに行ったと」

「だけど遠いでしょう」

「竹田晃倫は自らが経営する旅館〈風林荘〉の裏手の土地に一軒家を建てて住んでいるが〈風林荘〉が位置するのは川中島古戦場史跡公園から見ると千曲川《ちくまがわ》を挟んだ向こう側だ。直線距離にして五キロはある」

「散歩で行く距離じゃない気がしますが」

「車で出かけたんだ」

「早紀も？」

「ああ。自宅の駐車場に晃倫の車がなかったので早紀も晃倫が車で行きそうな場所として川中島古戦場史跡公園へ行ったとのことだ。竹田家は二台の車を保有しているから」

「だけど駐車場には入れたんですか？　駐車場の入口が閉まっている時間ですよね？」

「駐車場の入口には、たしかに鎖がかかっていて、それを外さなければ入れないが晃倫は車を公園近くの大型食堂の駐車場に停めていた」

「なるほど。その食堂は営業していたわけですね」

「そうだ」

「妻の早紀が探しに行ったとのことですが竹田晃倫は、どのくらいの間、姿を見せなかったんでしょうね」

「いつもなら宿にいなくてはいけない時間に戻らなかったという事だが……。具体的には早朝五時ごろから遺体発見時の八時三十分まで、すなわち三時間半ぐらいだという事だ」

「朝五時からですか」

「旅館は二十四時間つねに客がいる商売だから朝の五時に起きていても不思議じゃない」

「ですね」

「それにしても三時間半、不在なだけで女将が旅館を離れて捜しに行きますかね」

別の捜査員が疑問を呈した。

「そういう場合もあるだろうが……。早紀へは、まだまだいろいろと訊かなくてはいけないな」

百瀬署長の言葉に何人もの捜査員たちが我が意を得たりとばかりに頷いている。刑事の習性として妻も容疑者の範疇《はんちゅう》に入る場合があることを感じているからである。

「もう一つ」

青柳刑事は、なおも食いさがる。

「〈ホテル　ニューパライソ〉の従業員が二人、早朝の公園にいた理由は？」

「現時点での聞きこみの結果では〈ホテル　ニューパライソ〉の二人は、その日は夜勤明けだったので休憩時間に気晴らしに散歩に出たとのことだ。二人はその後、午前十一時までの勤務だった」

「〈ホテル　ニューパライソ〉から川中島古戦場史跡公園までは歩いてすぐではありますね」

「そういう事だ」

「だけど、そんな時間に」

「たしかに不審ではある」

「通報したのは妻の早紀ではなく〈ホテル　ニューパライソ〉の二人でしたね」

「最初に妻の早紀が夫の遺体を発見して叫び声をあげた。その叫び声を聞いて、たまたま側にいた星菜々子と富樫マリナもやってきた。通報したのは星菜々子です。最初は救急車を呼んだけど駆けつけた救急隊員によって死んでいることが確認された」

　捜査員たちがメモを取る。

「犯人の目星は?」

「まだ何もついてない」

「犯人の動機の線から何か推測できませんか?」

「竹田晃倫のズボンのポケットには現金の入った財布が残っていた。物取りの線は薄いだろう」

「では怨恨か女性関係……」

「第一発見者が妻というところが引っかかるが……」

「それと〈ホテル　ニューパライソ〉の二人が早朝の公園に足を踏みいれた理由」

「たしかにそれも引っかかるが、その二人に関しては現時点では動機が見あたらない」

「竹田晃倫に恨みを抱いていた者は誰かいるんですかね？」

ここで百瀬署長は目の前に坐る女性に合図を送った。女性は立ちあがる。

「現時点で二名の者が該当すると思われます」

立ちあがって発言した女性は浜千景《はまちかげ》。四十三歳。長野県警の刑事である。平たい顔をした中肉中背の女性で堅実な捜査には定評がある。

「二人とも〈風林荘〉の板場の職人です」

「板場の職人……。先ほど話に出た凶器に指紋がついている二人の調理師ですか？」

「そうです」

会議室内にざわめきが生じる。

「説明を続けます。一人は板長の加賀美徹《かがみとおる》。四十四歳」

板長は板場の責任者である。

「もう一人は？」

「板前の深沢伴明《ふかざわともあき》。四十歳」

「その二人が、どうして竹田晃倫に恨みを？」

「竹田晃倫は頻繁に板場に顔を出しては料理に文句を言っていたそうです」

「そりゃあ板長や板前としては頭に来るだろう。だが殺すほどとなると」

「一度や二度じゃないそうですから恨みも大きくなっていたのではないでしょうか」

「指紋の件と合わせると捜査対象は、その二人に絞れそうですかね」

青柳刑事が言うと堀内本部長が「早まるな」と窘《たしな》める。

「たしかに、その二人が本線だろうが板場の職人を叱りつけるような被害者の性格を鑑《かんが》みれば他にも恨みを持つ人物がいる可能性は高い」

捜査員たちが頷いている。

「自殺という線は考えられませんか？」

青柳刑事が発言する。

「自殺？」

「はい。ひと気のない時間の公園に行ったことが自殺を連想させます」

「なるほど」

「死因も包丁で胸を一突きですから自分で刺した可能性もありますよね」

「たしかにそうだな。その線も含めて、これからの聞きこみで調べるんだ。第一発見者の妻、早紀。それに、その場に偶然、居合わせた〈ホテル　ニューパライソ〉の星菜々子と富樫マリナにも、もう一度話を聞くんだ」

「判りました」

捜査員たちはそれぞれの持ち場に散っていった。

＊

〈アルキ女デス〉の三人は東京から新幹線でJR長野駅に向かっていた。静香は相変わらずのボディコン、ひとみは青いTシャツに短パン、東子は膝丈のワンピースである。すでに三人とも缶ビールを二本ずつ空けている。

「お知りあいのホテルが満室だったのは残念ね」

翁《おきな》ひとみの知人が経営しているホテルは〈ホテル　ニューパライソ〉という大型ホテルだった。

「せっかく高級ホテルにタダで泊まれるって思ったのに」

「タダのわけないでしょ。わたしの評判が悪くなるような言動は慎んでもらいたいわね」

「あたしと知りあいだって判れば評判は上がるわよ」

どこまでも負けない静香である。

「代わりに紹介してもらった宿だって悪くないでしょ？」

「〈風林荘〉だっけ？」

「そうよ」

「露天風呂は、あるでしょうね」

「勿論《もちろん》よ」

旅先の温泉で露天風呂に入ることも〈アルキ女デス〉の目的の一つだったりする。

「露天風呂ばかりじゃないわよ。〈風林荘〉の主は武田信玄に心酔しているんだって」

ひとみがスマホで〈風林荘〉の公式サイトを見ている。武田信玄は戦国時代の甲斐の武将で風林火山の旗印の下、戦いを続け徳川家康を破り織田信長も恐れたという軍略家である。元亀三年、徳川家康を撃破して、さらに三河に攻めいったところで病が悪化し療養のために帰国する途中、翌天正元年、信濃で没した。

「だから〈風林荘〉って名前なのね」

風林火山とは孫子の言葉〝其疾如風　其徐如林　侵掠如火　不動如山〟の略である。

「その疾《はや》きこと風のごとく。その静かなること林のごとく。侵掠《しんりゃく》すること火のごとく。動かざること山のごとく、ね」

「そうよ。疾きことっていうのは速きことって意味ね」

「知ってるわよ。疾風の疾だもん。因《ちな》みに〝とっくに〟って言葉の語源は〝疾《と》し〟の連用形〝疾く〟に〝に〟がついたものよ」

静香が歴史学者らしい言葉を吐いた。

「その旗印を宿名にした宿よ。上杉謙信の代わりに武田信玄も悪くないでしょ」

越後の上杉謙信と甲斐の武田信玄は信濃の川中島で幾度も死闘を繰り広げたことで有名だ。

「そうね。〈風林荘〉も川中島古戦場の近くなのよね」

静香がビールを飲みほして空になった缶を握りつぶした。

「静香って飲みほした缶を握りつぶす癖があるわよね」

「潰れてれば空になったことが判っていいのよ。空になった缶を飲もうとする間抜けな間違いをしなくて済むもの」

「かなり間抜けな間違いをした経験があるみたい」

ひとみの言葉が聞こえなかったのか静香が「旅は、やっぱり電車ね」と我が道を行く発言をする。

「目的地に着いたらレンタカーを借りるくせに」

「そうだけど目的地に着くまでの長い距離の移動は電車がいいわよ。ビールも飲めるし本も読めるのよ」

「言えてる。車だと、そういう事できないもんね」

「今回は現地でもレンタカーなしでやってみない？」

「現地でも？」

「在来線もいいものよ。ほら、ここを見て」

ひとみは静香が広げた旅行ガイドブックを覗きこんだ。

「長野駅から在来線で二つ目に川中島駅っていうのがあるでしょ」

「ホントだ」

「そこまで在来線で行ってみない？　考えてみたらレンタカーを借りると一日、一万ぐらいかかるでしょ。電車だったら安いし平日だから空いてるわよ」

「ちょっと待って。川中島駅から〈風林荘〉までは直線距離で八キロぐらいあるわよ」

「あたしたち何部だったっけ？」

「ウォーキング部」

「だったら、それぐらい歩きましょうよ。一時間ちょっとで宿まで着けるわよ。その後で、ひとっ風呂浴びてビールで乾杯といきましょう」

「了解」

歩いた後の温泉とビールには、すぐに賛成するひとみである。

「あら。途中に川中島古戦場史跡公園っていうのがあるわよ」

ひとみがガイドブックを見ながら言う。

「それは明日にしましょう。時間的に宿に着くのが精一杯じゃない？　後のお風呂とビールと夕食と晩酌を考えたら」

「それもそうか」

いつも通り静香の意見が通って三人は長野駅に着くと在来線に乗り換えた。

「山が見えるわよ」

静香が窓の外を見ながら言う。

「北アルプスね」

「やっぱりいいもんね。在来線も。鉄ちゃんの気持ちが少し判ったわ」

川中島駅に着いた。

「ドアが開かないわよ」

「ひとみ、ボタンを押すのよ」

静香がひとみの肩越しにドアの脇にある開閉ボタンを押して電車を降りた。降りたのは〈アルキ女デス〉の三人だけだ。

「歩きましょう。道は判る？」

ひとみの問いかけに静香は「とにかく、どこかで千曲川を越えればいいのよ」と答え三人は歩きだした。国道十九号線沿いをしばらく歩き国道三十五号線と交差している地点で三十五号沿いに進路を変える。

「ねえ。道の反対側に見えるの川中島古戦場史跡公園じゃない？」

「そうみたいね」

「折角だから見てゆく？」

「でも道を渡れないわよ」

国道の道幅は広く中央に分離帯も設置されている。

「あれ見て。二百メートル先に横断用の地下通路があるって」

「やっぱり明日にしましょ。二百メートルも行って帰ってじゃ時間がかかるもの」

「わかった」

少々疲れていたので、ひとみも静香の意見を素直に受けいれた。

「千曲川が見えてきたわよ」

視線の先に低い山並みが見え、その手前に大きな川が流れている。

「こないだも来なかった？」

静香が誰にともなく訊く。

「静香。千曲川って、けっこう長いのよ」

「〝海って広いのよ〟みたいなこと言わないでくれる？　それに〝けっこう〟は余計」

「判ってるわよ。要は千曲川には来たことあるけど、この場所ではないってこと」

「たしかにそうね」

三人は前にもウォーキング旅行で千曲川を訪れたことがある。千曲川は長野から新潟へと流れる日本最長の川だが長野を出るまでは千曲川、新潟に入ってからは信濃川と呼ばれる。ひとみは、その時のことを思いだしながら千曲川を渡った。

しばらく歩くと木造二階建ての旅館らしき建物が見えてきた。

「着いたみたいよ」

近づくと〈風林荘〉の看板が掲げられているのが判る。

「なんだか変な雰囲気じゃない？」

入口付近の様子を見た静香が言う。

「どう変なのよ」

「落ちつかないというか……。あれ見て。警官がいるわよ」

玄関から制服警官が出てきたところだった。

「ホントだ」

静香は警官の元にツカツカと歩みよった。

「ちょっと静香」

ひとみが窘めるのも聞かずに警官に声をかける。

「ねえ。あたしたち、これからここに泊まるんだけど何かあったの？」

若い警官はギョッとしたように立ちどまった。

「やめなさいよ静香。いきなり話しかけたりして」

「話しかける時って、たいてい〝いきなり〟じゃない？」

「そうかもしれないけど」

「事件がありました」

若い制服警官は律儀に答えた。

「どんな事件?」

「それ以上は申しあげられません」

「泊まれるかしら?」

「宿の人に訊いてください」

警官との遣りとりに慣れている静香は事件のことを部外者に漏らしてはいけないという相手の事情も察して、それ以上は追求しなかった。

「ちょっと」

宿のロビーからやってきた青年に話しかける。

「また知らない人に話しかけてるの?」

静香の物怖じしない態度に、ひとみは呆《あき》れ気味だ。

「泊まれるかどうかは、あたしたちにとって大問題でしょ」

「言われてみればそうよね。じゃあ、わたしが訊いてみるわ」

「え?」

「すみません。〈風林荘〉のかたですか?」

ひとみに話しかけられた青年は顔立ちの整った育ちの良さを感じさせる男性だった。

「ああ、そーゆーこと」

「どういう事でしょうか?」

「イケメンってこと」

静香の説明で察したのか東子も頷いた。ひとみに話しかけられた青年は「そうです」と答えている。だがその顔は、どこか蒼ざめているようだ。

「何かあったんですか?」

「父が殺されたんです」

「え?」

訊いたひとみばかりでなく静香も声をあげる。

「お父さんって……」

「父は〈風林荘〉の主です」

あまりの出来事に、ひとみは言葉を返すことができない。

「あたしたち予約をしてたんだけど泊まれるのかしら?」

代わりに静香が肝心なことを訊いた。

「大丈夫です。こういう状況ですから新規のお客様は現在、お断りしていますが、ご予約のお客様は予定通り、お泊まりいただいています」

「よかったわ」という言葉の代わりに静香は「助かるわ」という言葉を選んだ。

「他に心当たりのある宿なんてないし……。あたしたち東京から来た歴史学者なの」

「歴史学者のかた……。そうでしたか。私は、こういう者です」

名刺には〝竹田聖〟とある。

「お部屋にご案内します」

「聖さん。わたしが」

三十代後半と思《おぼ》しき女性が声をかける。〈風林荘〉の仲居頭、雨宮佐和子《あまみやさわこ》である。身長は百六十センチぐらいだろうか。顔の造りなど全体的に大柄な印象を与える女性だ。

「悪いね」

雨宮佐和子にそう言うと竹田聖は静香たちに頭を下げて去っていった。

「仲居の雨宮と申します」

「雨宮さん、ごめんなさいね。大変なときに来てしまって」

「とんでもございません。お泊まりいただいてありがたく思っています。わたくしどもの方こそ楽しいご旅行なのに、こんな事になってしまって申し訳なく思っています」

「旅館のせいじゃないわ。悪いのは犯人よ」

ひとみが言う。

「犯人は捕まったの？」

部屋に着くと静香が遠慮なく雨宮佐和子に訊いた。

「まだです。犯人が誰かも判っていない状態です。ご不安でしたら、どうぞキャンセルして別の宿に移っていただいて結構です」

静香とひとみは一瞬、見つめあうと同時に頷いた。

「良かったら力になるわよ」

「え？」

「実は、あたしたち歴史研究の傍ら、いくつもの殺人事件を解決してきたのよ」

静香は簡潔に今までの事件方面での業績を説明した。

「そうだったんですか」

雨宮佐和子は心底、感心したように言った。

「お客様が歴史学者であるばかりか殺人事件に関する大家でいらしたとは」

「大家は大袈裟《おおげさ》よ」

ひとみが謙遜すると雨宮佐和子は「そのことを聖さんに伝えておきます」とすっかり感じ入った様子だ。

「ありがとう。でも、あなたにも訊きたい事があるわ」

静香が切りこんだ。

「わたくしに？」

「そうよ。てゆーか関係者には誰にでも訊きたいわ」

「何をですか？」

「殺された聖さんのお父様、晃倫さんを恨んでいた人物」

雨宮佐和子の顔が引きつった。

「いるのね？」

雨宮佐和子は瞬間的にドアに視線を遣った。

「大丈夫。世間話をして参考にするだけよ。誰にも迷惑はかけないわ」

「でも……」

「真犯人を見つけないと〈風林荘〉のためにならないもの。客足が遠のいて〈風林荘〉が潰れたりしたら大変でしょ。聖さんは勿論、従業員が全員、路頭に迷うわ」

「それは……そうですね」

「だから、それを防ぎたいの。そのために、いろいろ訊きたいのよ」

「尋問の仕方がうまくなったわね」

ひとみが小声で言うと東子が幽《かす》かに頷いた。

「ひとみ、お茶を淹れてちょうだい。雨宮さんに、じっくり話を聞こうじゃないの」

「なんでわたしが」

そう言いながらも緑茶のティーバッグに手が伸びるひとみであった。

「誰かいない？　晃倫さんを恨んでいた人物」

「そう言われましても……。番頭さんは恨んでたわけではないと思いますし」

「番頭さん？」

「山本《やまもと》さんというかたです」

「その言い方だと恨んでもおかしくはない事情はあるようね」

「そんな事はありません。宿の経営方針を巡って旦那様と意見が違っていただけで」

「というと？」

「旦那様は〈風林荘〉を更に改革しようとしていましたけれど伝統を重んじる山本さんはそれに反対でした」

「そうなんだ」

「どこにでもある経営に関する話しあいの範疇です。殺意云々《うんぬん》の話ではありません」

「そう……。番頭さんに関しては他には何かない？」

最初の雨宮佐和子の口振りから何かを察したのか静香が重ねて訊く。

「事件に関係あるようなことは何も」

「関係なくてもいいのよ」

雨宮佐和子は何かを言いよどんでいる。

「何でも言って。それが番頭さんのためだから」

「番頭さんの？」

「そうよ。たとえその人に不利に思えるようなことでも最後は真実がいちばん強いのよ。大家のあたしたちが言うんだから確かよ」

「わかりました」

雨宮佐和子は静香に乗せられたようだ。

「山本さんは親の介護をしてましたから、お金がかかったんじゃないでしょうか」

「そうなんだ」

「晃倫さんに給料の前借りを頼んでいたところを思いだします」

「前借りできたの？」

「断られたようです」

「それは辛いわね」

「静香。今の話は重要よ。番頭さんは晃倫さんに対して前借りを断られた恨みがあるって事だもん」

「そうね。でも殺人の動機としては弱すぎる気がするわ。晃倫さんの判断は経営者としては当然だとも言えるし」

「わたしもそう思います」

雨宮佐和子が言った。

「賞与まで、もう少しですし」

「賞与？」

「〈風林荘〉の従業員には年に二度、二月と八月にボーナスが支給されるんです」

「それは嬉しいわよね」

「はい。それがもうすぐ――八月初旬に出ますから」

「山本さんも、そこまで辛抱すれば、なんとかなるかもしれないわよね」

「そうだと思います。賞与の額も山本さんの長年の貢献を鑑みてかなり弾むようですから」

「恨む筋合いはないわよね」

「はい。山本さんも生真面目な性格で人を逆恨みするようなことはないと信じています。少し固すぎるところはありますけど」

「宿の改革に反対したり？」

「はい。スマホの扱いにも四苦八苦してますし」

「そういう人はいるわよね。特に年配の人」

「山本さんは五十九歳です。あ、でも六十七歳の晃倫さんはスマホを使いこなしてましたけど。〈風林荘〉内の連絡にラインを使うことを提案したのは晃倫さんでした」

「山本さんは対応できたの?」

「いえ。山本さんだけ連絡にはガラケーのメールを使っていました。大事なことは宿で伝えることができますから、それで不自由はなかったんです」

「わかったわ」

その後も静香は情報を聞きだした。

「この辺でいいですか? 気がついたら喋りすぎていました」

「それでいいのよ。いろいろありがとう」

「わたしが言ったなんて誰にも言わないでくださいね」

「もちろんよ。名探偵には守秘義務があるから」

静香の本気とも冗談ともつかぬ言葉には応えずに雨宮佐和子は部屋を出ていった。

*

青柳刑事が浜千景刑事に報告にやってきた。

「一つ、妙な事がありまして」

「何?」

「被害者の息子の聖はライバルホテルの〈ホテル　ニューパライソ〉で働く富樫マリナと結婚する予定だったんですが……。結婚式の当日に富樫マリナが式をキャンセルしたんです」

「当日に？」

「はい」

「式を取りやめたの。結婚自体も？」

「取りやめました」

「それは、たしかに妙だわ」

「でしょう？　事件と何か関係あるんでしょうかね」

　浜千景は応えない。

「その辺の事情を訊いてみましょう。その事情によっては竹田聖か富樫マリナに動機が生まれる可能性もあるんじゃないの？」

「結婚の取りやめに竹田晃倫が絡んでいて、それを恨んで聖か富樫マリナが竹田晃倫を殺害したと？」

「可能性は低いかもしれないけど、その低い可能性を確実に潰してゆくのも仕事よ」

「判りました」

「行きましょう」

浜千景刑事は立ちあがった。

*

雨宮佐和子は話し好きと見えて静香の誘導尋問に乗る形で、いくつかの情報を提供した。

「〈風林荘〉の内部に竹田晃倫さんを恨んでいた人もいたのね」

静香が言う。

「板場の二人ね」

「ええ。晃倫さんに罵倒されて……」

「その二人が犯人かしら？」

「その可能性が一番高いんじゃない？　今のところ」

「そうね。でも静香。番頭の山本さんが間に入って仲を取りもっていたそうじゃない」

「山本さんが晃倫さんに罵倒された板場の二人を慰めて……」

「そういう人がいれば、なかなか殺意まではいかないと思うわ」

「そうかもしれないわね」

ひとみの意見に珍しく静香が同意した。

「それに静香。板場なんていう被害者に近い人が犯人だったら警察がすぐに逮捕に漕ぎつけそうよ」

「血痕とか証拠がありそうだもんね」

「結婚といえば、どうして聖さんは結婚を取りやめたのかしら？」

ひとみが呟くように言う。

「その結婚？」

「ねえ。富樫マリナさんに会ってみない？」

「ええ？　やめなさいよ、ひとみ。そんなお節介」

「見て見ぬふりはできないわよ。竹田聖さんにとっては一大事なのよ」

「やけに積極的ね。人のことでしょ」

「気になるのよ。新婦になる人が結婚を取りやめた直後に新郎の父親が殺されたのよ」

「たしかに気になるけど……。式直前の婚約破棄って実は良くあるのよ」

「え、静香は経験者？」

「何であたしが経験者なのよ。結婚式場に勤めてる知人から聞いた話よ」

「あらそう」

「だから式直前の婚約破棄は気にはなるけど、そこそこあることだから」

「上杉謙信のことも訊きたいのよ」

「え？」

「言ったでしょ。〈ホテル　ニューパライソ〉は上杉謙信のことをモチーフにしたホテルだって」

「そうだったわね。だったら〈ホテル　ニューパライソ〉に行ってみましょうか」

いつになく積極的なひとみであった。

＊

〈風林荘〉の裏手の林から竹田聖は北アルプスの山並みを眺めていた。

「坊ちゃん」

声をかけられて振りむくと〈風林荘〉番頭の山本雄之助《ゆうのすけ》が立っていた。山本雄之助は五十九歳。背は高くないがガッシリとした体格をしている。赤黒く皺が目立つ四角張った顔の中には小さな目が収まっている。

「坊ちゃんは、やめてくれよ」

聖が寂しげな笑みを浮かべて言うと山本雄之助は「そうですね」と答えた。

「旦那様がお亡くなりになって坊ちゃん……。失礼。聖さんは〈風林荘〉の主になられた」

「そういう意味じゃないよ。〈風林荘〉は跡継ぎが〝坊ちゃん〟と呼ばれるような大層な旅館じゃないって事だよ」

「とんでもない」

山本は即座に否定した。

「〈風林荘〉は立派な旅館です」

「たしかに親父は良くやったと思うよ。一代で、これだけのものを築きあげたんだ」

「これも信玄公のご加護があったればこそ」

「信玄公の……」

「そうでしょう。晃倫さんは武田信玄公に心酔して、この旅館を〈風林荘〉と名づけたんです。立地も、わざわざ川中島を選んで」

聖は頷く。

「晃倫さんが拘《こだわ》ったのは和の心です。〈風林荘〉は日本の伝統の良さを全面的に押しだして伸びてきた旅館なのです」

「その通りだ」

「ところが」

山本の顔が曇った。

「大旦那様は改革をしようとしていました」

聖は無言で北アルプスに視線を戻す。

「〈風林荘〉の近代化です」

「〈ホテル　ニューパライソ〉に対抗するためだよ」

越後・新潟から進出してきた〈風林荘〉最大のライバル。

「親父は、そうしないと〈ホテル　ニューパライソ〉に勝てないと考えたんだ。いま旅館、ホテル業界はどこも苦しいからね」

「それは判ります。ただ、その考えが信玄公の逆鱗《げきりん》に触れたように思えてならないのです」

「信玄公の逆鱗に？」

「はい。信玄公は近代化など考えずに和の心を押し通せと晃倫さんを戒めたのではないでしょうか」

「何を馬鹿なことを」

聖は鼻で笑った。

「思い過ごしならいいのですが」

「山本さんは改革には反対だもんね」

「当たり前です。和の心を守ってこその〈風林荘〉です。それは坊ちゃん、いえ聖さんも同じお考えでしょう」

「ああ。僕は親父の近代化には反対だった。〈風林荘〉の良さが損なわれてしまうような気がしてね」

「私も同じ意見です。今回は悲しい事件で〈風林荘〉は主を失いました。ただ〈風林荘〉は新しい主を迎えます。聖さん、あなたです。それは〈風林荘〉にとっては、いい事だ。私はそう思います」

「どうだろうか。〈風林荘〉は親父で保っていた。それに山本さん。あなたの力が大きい」

「私の？」

「ああ。親父と山本さんは〈風林荘〉の二大戦力だった。親父はアイデアマンだったけど実務は、ほとんど山本さんが取り仕切ってたじゃないか。融資の件だって〈ホテル　ニューパライソ〉と何度も交渉して。業務時間以外にも先方と交渉を重ねて」

「それが仕事ですから」

「山本さんがいなかったら融資は実現してなかっただろうね。改革には反対だったのに頭が下がるよ」

「恐縮です」

「親父が亡くなった今、山本さんだけが〈風林荘〉の頼りだよ」

「買いかぶりです。これからは聖さんが〈風林荘〉を引きついでゆくんです。私は、そのお手伝いをさせて頂くだけです」

「頼りにしているよ」

「経営者にとって会社は我が子同然だと聞いたことがあります」

「親父もそう言っていた」

「その我が子同然の旅館を実の我が子が引きつぐ。晃倫さんも実の我が子のやり方に文句は言わないでしょう」

聖は応えずに山本を残して裏庭を去っていった。

*

ひとみたちはバスを利用して〈ホテル　ニューパライソ〉に着いた。

「立派な建物ね」

「でしょ〜」

「ひとみ。あなたが自慢することないでしょ」

〈ホテル　ニューパライソ〉は地上十階建て地下一階の白い建物である。エントランスを通ってフロントに行くと、ひとみが事情を話し〈アルキ女デス〉の三人は応接室に通された。坐り心地の良い柔らかなソファに腰を落ちつけると目の前の壁には〝刀八毘沙門〟と書かれた扁額《へんがく》が飾られている。上杉謙信が合戦の時に掲げた旗印である。

三人が事務員らしき女性に淹れてもらったコーヒーを飲んでいるとドアが開いて〈ホテル　ニューパライソ〉のオーナーである上村憲司《けんじ》が入ってきた。

「翁先生。お久しぶりです」

上村憲司が、すぐにひとみに声をかけてきた。三人は立ちあがった。

「上村さん、お久しぶりです。すみません、とつぜん押しかけてしまって」

上村憲司は五十二歳。長身で均整の取れた体つきをした男性だ。紺色のスーツがよく似合っている。顔は縦長で、ややゴツゴツとしているが顔に笑みを浮かべているせいか相手に安心感を与える。

「とんでもない。大歓迎ですよ」

張りのある声でひとみに応える。

「こちらは歴史学者の早乙女《さおとめ》静香さんと早乙女の弟子の桜川《さくらがわ》東子さんです」

「お会いできて光栄です」

「こちらこそ」

静香がサッと差しだす右手を上村も握り返した。四人は着席した。

「刀八毘沙門の旗、立派ですね」

「恐縮です」

上村は頭を下げた。

「この書は懇意にしていただいている地元の書家の先生に書いていただいたものです」

「立派な字だわ」

「しかし、さすが歴史学者の先生ですね。この書に触れてくれる人は、ほとんどいないんですが」

「上村さんが上杉謙信に心酔していると聞いていたから」

「そうなんです」

上村の顔に笑みが浮かぶ。

「謙信公は非常にストイックな人でしてね。信仰心に厚く生活は修行僧のようだったと言われています」

「修行僧のよう……」

「その姿勢を経営者として見習いたいと思っているんです」

「上杉謙信は毘沙門天を信仰してたんですものね」

「はい。謙信公が信仰する毘沙門天は財や福をもたらす、商売人にとってはありがたい神ですが、その一方、鎧、兜に身を包んで手に矛《ほこ》を持つ闘将でもあります。怒りの姿は恐ろしげに描かれています。その激しさに惹かれます」

「上村さんって見かけによらず激しい人なのかしら」

「どうでしょうか。謙信公の激しさに憧れて〝激しくあれ〟と自らを叱咤激励してはいますが……」

「ライバルに勝つために？」

「え？」

「〈風林荘〉よ。川中島の戦いを挑んだんですってね」

静香の言葉に上村は一瞬、キョトンとした顔をした。

「違うんですか？」

「いや、そうです」

上村は笑みを浮かべた。

「〈風林荘〉の竹田さんは武田信玄に心酔していましてね。それを知った私は無謀にもビジネス上の戦いを挑んだんです。この川中島の地で」

「勝つか負けるかも判らないのに」

「経営も賭けです。それが私の経営哲学なんです。だから果敢に挑戦しました」

「その挑戦も優勢のようね。満室だなんて」

「満室は、たまたまです。いつもは、こうはいきません。それなのに、せっかく御予約のお電話をいただいた日に限って満室で、本当にすみません」

「こちらこそライバル店に泊まってしまって悪かったわ」

「とんでもない。私どもの業界は共存共栄ですよ。ただ……。今回は〈風林荘〉さんは大変なことになってしまって」

「そうなんです。着いたら警察官がいたからビックリしたわ」

「翁さんたちにも〈風林荘〉さんにも悪かったと反省しているところです。私どもの客室がもう少しあったらと」

「それは仕方がないでしょう。滅多にないことが起きてしまったんだから」

ひとみの言葉に上村は神妙な顔で頷いた。

「泊まれるだけありがたいわ。〈風林荘〉は新規の予約客はすべて断ってるようだから」

「そうでしょうね」

「予約しているお客さんだけは責任を持って泊めるみたい」

「予約客のキャンセルも多いみたいね」

静香が言った。

「翁先生たちはキャンセルしなくて〈風林荘〉さんにとっては、ありがたいはずです」

「他に泊まる宿はないもの。それに……」

「犯人を捕まえたい……」

「そうなのよ」

「翁先生に、そうお聞きしたときには驚きました」

「変に思ったでしょう」

「意外な感じがしましたけど歴史学者の先生は文献などに残された手掛かりから真相を突きとめるのが仕事ですから殺人事件の捜査と共通する部分があるのではないでしょうか」

「その通りなのよ。驚いた。あたしの他に同じようなことを考える人がいるなんて」

静香が応える。

「ずいぶん理解力のあるかたね。さすがホテルのオーナーにして上杉謙信マニア」

「恐れいります」

「あなたの上から目線、どうにかならないの?」

ひとみが小声で注意する。

「ただ」

上村の声が低くなる。

「こんな事を申しあげるのは烏滸《おこ》がましいのですが……」

「言ってみて」

「犯人を捕まえたいのなら〈風林荘〉のかたがたに話を聞くのが筋ではないですか?」

「その通りなんだけど〈風林荘〉は、いま警察の捜査が入っていて素人のあたしたちが入っていけない状態なのよ」

「なるほど。それで外堀から埋めてゆこうというわけですね」

「そうなのよ。上村さんは話の早いかたみたいだから早速にでも訊いちゃうけど」

「判ることならお答えいたしますよ」

「今回の事件……〈風林荘〉のご主人である竹田晃倫さんが殺されたことに関して何か心当たりはありますか?」

「まったく、ありません」

上村は即答した。

「豪快な人でしたから嫌う人もいたかもしれませんが殺すまでは……。阿漕《あこぎ》な真似をしていたという噂も聞きませんし。私の印象では曲がったことが嫌いなタイプに見えました」

「そうですか。竹田晃倫さんの息子さんと〈ホテル　ニューパライソ〉の従業員である富樫マリナさんが結婚する予定だったとか」

「そうなんです。おめでたい話だったんですが」

「式の当日に富樫マリナさんが結婚を一方的に破棄した」

「不思議です」

「理由をご存じですか？」

「見当がつきません」

「本人に直接訊いていいでしょうか？」

「本人に？」

「ええ」

「プライベートなことで繊細な話題ですから、できればソッとしておいてもらいたいのですが」

「そのことが事件解決に繋がる可能性もあると思うんです」

「事件解決に？」

「関係者の一人ですから」

「なるほど」

上村は、しばらく考えてから「わかりました。私から事情を話してみます」と言った。

「ありがとうございます。ついでに他の従業員の方たちにも、お話を聞きたいんですが」

「困りましたね」

「一、二分、立ち話をする程度でいいんです。お仕事に影響しないように配慮しますから」

「先生にそこまで言われたら断れませんね」

「ありがとうございます」

静香は深々と頭を下げた。

*

〈ホテル　ニューパラインソ〉一階のコーヒーラウンジで〈アルキ女デス〉の三人は富樫マリナと話をしていた。静香とひとみが富樫マリナの正面に坐り東子がマリナの隣に坐っている。

「ごめんなさいね。とつぜん押しかけたりして」

静香が口火を切る。

「いいんです。オーナーのお知りあいのかたですから」

「あなたのホテルでの担当は……」

静香が名刺に目を落とした。

「フロントの人ね」

「はい」

「こういう大型ホテルって、どんな部署があるの？」

「オーナーの下には支配人がいます」

「それは誰？」

「富樫千恵子《ちえこ》です」

「富樫……」

「わたしの母なんです」

「そうなんだ。その下には？」

「部署が四つあって、それぞれチーフが治めています。客室部チーフが若月麻美《わかつきあさみ》。ブライダル部チーフが星菜々子。宴会部チーフが熊倉智和《くまくらともかず》。それにフロントマネージャーが風間浩一《かざまこういち》です」

「ありがとう。ついでに、こんな事を訊いて良いものか判らないけど〈ホテル　ニューパライソ〉は〈風林荘〉とはライバル関係にあったんでしょ？」

「結局、訊いてるじゃない」

ひとみが小声で言った。

「そうですね」

マリナは、あっさりと認めた。

「そのライバル店同士の二人がどうして婚約を?」

「二店は近いですから交流はあったんです。それに、うちから〈風林荘〉に融資を行っていましたから両宿は、かなり頻繁に遣りとりがありました」

「え? ライバル店に融資?」

「はい。オーナーの上村さんは競いあう店があってこそ自分たちのホテルも発展すると考えていました」

「敵に塩を送ったわけか」

「さすが上杉謙信に心酔しているだけあるわね」

上杉謙信は敵将、武田信玄の領国、甲斐が塩不足に苦しんでいるのを知り塩を送ったことで有名だ。

「両宿がライバル店ながらも地元の交流を続ける中で、あなたと竹田聖さんも知りあったのね」

「そうなんです」

「そして婚約をした。だけど、あなたは結婚式の当日に、とつぜん式を取りやめたわよね。それはなぜ?」

マリナは応えない。

「何の理由もなく、そんな事しないわよね」

「あのね静香」

ひとみが口を出した。

「そういう例は良くあるって言ったのは静香でしょ」

「理由は何なのか知りたいのよ」

「ホントは気乗りしなかったけど式を前にして、やっと決断できたとか相手の浮気が発覚したとか」

「どっち?」

静香はマリナに訊いた。

「どちらでもありません」

「だったら何?」

「特に理由はありません」

「普通は特に理由もなく結婚式の当日に式をやめたりしないのよ」

「すみません」

「謝ることないけど」

静香は溜息をついた。

「わかったわ。そのことは、もう訊かない。考えてみればプライベートなことだもんね」

「やっと気づいたんだ」

ひとみが呟く。

「愛情と義務の対立って難しい問題ですよね」

マリナが呟いた。

「え？」

「あ、すみません。気にしないでください」

「そう言われても」

ひとみがそう言うと静香が「まあいいわ。何となく判るわよ。それより問題は殺人事件の方。訊いていいわね？」と話を進めた。マリナが頷く。

「ありがとう。まず訊きたいのは竹田晃倫さんを殺した犯人について何か心当たりはあるか？　ってこと」

「ありません」

「ない？」

「はい」

「あなたは聖さんと婚約までしてたんだから聖さんの父親である晃倫さんのことも何

か聞いてたんじゃない？」

「事件に関係あるようなお話は特にないと思います」

「もしかして晃倫さんに結婚を反対されていたとか」

「いいえ」

「そう。あなたは晃倫さんには当然、お会いしてるわよね」

「一度だけ、会食をしました」

「一度だけか。その時に何か変わった様子は？」

「ありませんでした」

「たとえば親子の関係が悪いとか夫婦仲が良くなかったとか」

「ご夫婦のことは判りませんけど少なくとも親子の関係は良好でした。経営方針を巡っては対立することもあったようですけど、それはあくまでビジネスモードの話で、プライベートでは談笑する間柄に見えましたし聖さんの話の端々から、そのことは伝わってきました」

「そういう感覚は信じられるわね」

「休み時間が終わりますので、この辺でいいですか？」

「ありがとう。参考になったわ」

「コーヒー代は、わたしが払っておきます」

マリナは一礼するとラウンジを出ていった。

＊

熊倉智和の声の大きさは宴会部チーフとしては打ってつけの特質だった。だが人に聞かれたくない話をするときには閉口する。

「もうちょっと小さな声で喋ってくれない？」

「ああ、そうですね。すみません」

熊倉智和は、その大きな軀《からだ》を縮めた。軀も大きいがテカテカと光る四角張った顔も大きい。

「事件のことを調べているんですって？」

「そうなんです」

「それは〈風林荘〉さんで訊いた方がいいんじゃないですかねえ」

「そちらでも訊くつもりよ。でも〈風林荘〉の評判は〈風林荘〉では訊けないでしょ」

「なるほど」

「それに〈ホテル　ニューパライソ〉にも関係者がいるし」

「富樫マリナのこと？」

「あら勘がいいのね」

「そうでなくては宴会部長は務まりません」

「そうなんだ」

「で、富樫マリナが何か？」

「結婚を突然、取りやめちゃったでしょ」

「そうなんですよ。あれには驚きました。ホテル内も、その話題で持ちきりで」

「みんな式に呼ばれてたんでしょうね」

「業務がありますから、みんなというわけにはいきません」

「そうよね。どうして取りやめたのか……。みんなは何か言ってる？」

「噂は、いろいろありますよ」

「どんな噂？」

「竹田聖さんに女がいたんじゃないかとか」

「なるほど。それが発覚したら急遽《きゅうきょ》、結婚を取りやめても不思議じゃないわね」

「ところが〝聖さんは、そんな人じゃない〟って見方が多くて」

「あたしもそう思うわ」

「逆にマリナの方に男がいたって声もチラホラ」

「いたの？」

熊倉は周りを見回した。

「過去の話ですよ」

「誰？」

「風間です」

「風間って……」

「うちのフロントマネージャーですよ」

「あら。同じ職場に？」

「みんな同じ職場でカップルになってますよ。だけど別れると気まずい」

「でしょうね。二人は別れたのね？」

「ええ。最近のことです」

「微《かす》かに焦《きな》臭い匂いがしてきたわね」

「そうですか？」

「ええ。最近までつきあっていたのなら竹田聖さんを入れて三角関係があっても、おかしくないでしょう」

「そうなんですが」

「静香。それだと竹田晃倫さんは関係なくなっちゃうでしょ」

ひとみは横槍を入れる。

「そうとも言えないわよ。風間って人が富樫マリナさんと縒《よ》りを戻したくて先方にトラブルを起こしたとか」

「それだったら聖さんを殺す方が手っ取り早いでしょ」

恐ろしい会話をしている。

「それより」

熊倉が声を潜める。

「私は、もっと確信に近い部分を目撃しちゃったんですよ」

「何を目撃したの？」

熊倉はもう一度、周囲を見回した。

「誰にも言わないでくださいよ」

「言わないわ」

「若月にしか言ってないんですから」

「言ったんだ」

熊倉は客室部チーフの若月麻美と仲がいいようだ。

「口止めはしてますよ」

「で、何を目撃したの？」

「マリナちゃんと星菜々子さんですよ」

「星菜々子さんはブライダル部のチーフね。その二人が？」

「抱きあってたんです」

「抱きあってた？」

熊倉は真剣な顔で頷いた。

「どこで？」

「裏の林の中ですよ。何日か前の夕方、散歩に行ったらそこで見たんです」

「それ、どういうこと？」

「つまり、二人は、以前からそういう仲だって事です」

「女同士で？」

熊倉は頷く。

「驚いたわね」

「ちょっと待って。そう決めるのは早計よ」

ひとみが静香の暴走を止めに入った。

「林の中だったら暗いし、まして夕方でしょう？　そう見えただけかもしれないわ」

「それも言えるか」

珍しく静香がひとみの意見に賛成した。

「見間違いじゃありませんって」

「ただのハグかもしれないわよ」

ひとみはなおも食いさがる。

「結婚破棄したことを知ってなぐさめたとか。こんなふうに」

ひとみが静香に抱きついた。静香も、ひとみの背中に両腕を回す。

「なるほど」

「仲のいい二人だったら、ありうるわよ」

「いずれにしても私が言ったなんて言わないでくださいね」

「もちろんよ」

「そろそろ持ち場に戻りますよ。今日は大掛かりな宴会が入ってるんで」

熊倉は、そそくさと出ていった。

＊

〈アルキ女デス〉の三人は次にフロントマネージャーの風間浩一に会った。風間浩一は三十八歳。

「ハンサムな人ね」

席に歩いてくる風間を見てひとみが静香に囁《ささや》く。

「あなた〈風林荘〉の竹田聖さんだけじゃ物足りなくて違うハンサムを物色するつもり？」

「人聞きの悪いこと言わないでよ。事実を言ったまでよ。風間さんって、どことなくエキゾチックな顔立ちだしタッパもあるでしょ」

身長百八十センチほどだろうか。

「言われてみれば、たしかにそうね。マリナさんが惚れたのも無理ないわ」

風間が席に着いて互いに自己紹介を済ますと「あなた、富樫さんと、おつきあいしていたんですってね」と静香のざっくばらんな質問が始まった。

「一年ほど、つきあっていました」

「どうして別れたの？」

「僕が身を引いたんです」

「え？」

「といえばカッコをつけてる事になるかな。マリナに振られそうな前兆を感じて傷つく前に自分から別れを切りだしたというのが本当です」

「奥床しい物言いね」

「ホントの事ですから」

「あなたはモテそうだから振られる心配なんてないでしょうに」

「ライバルとして現れた〈風林荘〉の跡継ぎとは格が違います」

「格？」

「向こうは一流旅館の跡取り息子。僕は、ただの勤め人ですから」

「もしかしてマリナさんは、あなたと竹田聖さんと二股をかけていたの？」

「そう言うと語弊がありますね。僕と彼女がつきあっているのを知りながら竹田聖君が強引にマリナに言いよったんですよ」

「それでマリナさんの心が、ぐらつき始めた？」

「簡単に言えば、そういう事です」

「あなたにとっては災難ね」

「恋愛は自由競争です。最後は本人の心が決めることですから」

「男らしいわ。その態度」

風間は否定せずに恭《うやうや》しく少しおどけた様子で頭を下げて見せた。

「この横槍は元々は聖さんの父親から出た話なんですよ」

「晃倫さんから？」

「ええ。晃倫さんがマリナを見初めて〝息子の嫁にもらいたい〟と言ってきたんです」

「それで引きさがるなんて」

「情けない話ですが、その方がマリナにとっても幸せだと思いまして」

「マリナさんの気持ちは？」

「ぐらついていました。聖君はイケメンですしね」

「あなたの方がハンサムよ。聖君は丸顔だし」

「顔はともかく聖君は家柄がいい」

顔には自信があるんだとひとみは思った。

「家柄といっても〈風林荘〉の経営は苦しかったはずよ。〈ホテル　ニューパライソ〉が融資を行ったって聞いたわ」

「お互い様ですよ。いつ、うちが苦しくなっても不思議じゃない」

「そうなの？」

「ホテル業、旅館業は大変なんです。老舗《しにせ》だから安心、大手だから安心というわけにはいきません」

静香は頷いた。

「それと妙な噂を聞いたんだけど」

「何でしょう？」

「マリナさんは男性よりも女性を好きなんじゃないかって噂」

風間はキョトンとした顔で静香を見つめる。

「心当たりはあるの？」

「ありませんよ。誰に聞いたんです？」

「風の噂。あなたが、あっさりマリナさんから手を引いた話と、もしかしたら符合するんじゃないかって思ったの」

「するどい」

思わずひとみが呟いた。

「見当違いも甚だしい」

風間は苦笑しながら否定した。

「違うのね？」

「違います。もっともマリナがその事を僕に隠しおおせていたというなら話は別ですが……」

風間の顔にふと影が差した。

「ありがとう。参考になったわ」

風間は一礼すると席を離れた。次に現れたのはマリナの母親で〈ホテル　ニューパライソ〉の支配人である富樫千恵子である。富樫千恵子は六十三歳。中肉中背でパーマをかけた頭髪は全体的に銀色で頬の辺りでカールしている。卵形の顔をしているマリナと違って丸い印象がある。軀もマリナよりも遥かに肉がついて、それが貫禄を感じさせる。

「お忙しいのに、お呼び立てしてすみません」

「とんでもありません。わたくしどもも、みんな事件の解決を願っていますから、そのお役に立てるのなら、どんなことにも協力するつもりです」

「ありがとうございます」

「ですが竹田晃倫さんの事件に関しては、まったく心当たりがないんです」

「お会いした事は？」

「ありますけれど、いずれも仕事絡みでプライベートなおつきあいは一回、会食しただけなんです」

「そうですか。では別のことをお聞きします」

「マリナのことですか？」

富樫千恵子がギロリと睨むような目を静香に向けた。

「鋭いですね」

「娘のことですから敏感になっているんです。娘は〈風林荘〉とはご縁があったと思っていたものですから」

「大きなご縁はありましたよね。〈風林荘〉の跡取りと結婚する予定だったんですから」

「はい」

「それが、どうして駄目になったんですか？」

「わたしにも判らないんです」

「判らない？」

「はい。先様にも申し訳ない気持ちで一杯です」

「マリナさんは何と？」

「〝わたしのワガママだ〟の一点張りで」

「そうですか」

「責任を取ってホテルを辞めると言っています」

「え？　ホテルを辞める？」

「はい」

「初耳ですね」

「まだ、わたしと上村オーナーにしか伝えていないと思います」

「そうでしたか……。でも法に触れる事をしたわけでもないし辞めるなんて」

「居づらいんだと思います。噂になっていますし」

「そうかもしれませんね」

静香も納得した。

「早乙女さん」

「はい」

「事件を解決してください。観光地は運命共同体です。みんなが栄えてこそなんです」

「お任せください」

富樫千恵子が去ると「どうして任されるのよ」とひとみが小声で静香に注意する。

「困ってる人がいたら素通りできないのよ」

「だからって安請けあいはケガの元よ」

「天下御免の向こう傷」

「旗本退屈男か」

なんだかんだ言っても、いつものように事件の渦中に飛びこんでゆく三人であった。

*

〈アルキ女デス〉の三人は〈風林荘〉に戻った。

「裏庭から北アルプスが見えるそうよ。ちょっと見てみない？」

「いいわね」

ひとみが、すぐに静香の提案に賛成して三人は裏庭に回った。

「あれが北アルプスね」

静香の視線の先には山並みが見える。

「雄大ね」

「こんな景色を毎日見て育つなんて、この辺りの子供は幸せね」

「あら静香、子供の話？　結婚でもしたいの？」

「そういうわけじゃないけど」

静香は慌てた。

「のんびり世間話をしている時じゃないわよね。殺人事件が起きてるんだから」

ごまかすように静香が言う。

「現場に行ってみない？」

「現場？」

「殺害現場よ。川中島古戦場史跡公園」

「どうして」

「現場百遍って言うでしょ」

「一遍も見てないけど」

「だから行くのよ。現場には何かあるわよ。犯行の証拠が」

「警察が、とっくに見てるでしょ」

「川中島古戦場史跡公園は広いのよ。警察が見落としている遺留品があるかもしれないわよ。それを犯人が回収する前に、こっちが見つけるのよ」

怪しげな話を大声でする静香に、ひとみは思わず辺りを見回した。〈風林荘〉の番頭、山本雄之助と目が合った。

「いやだ」

「どうしたの？」

「今の話、立ち聞きされたわよ」

「誰に？」

「〈風林荘〉の番頭さんよ」

静香もひとみの視線の先に目を遣る。だが、すでに山本の姿はなかった。

「気のせいでしょ」

静香はそう言うと部屋に戻るため本館の角を曲がろうとする。

——あなたは番頭の山本さんね？

本館の角の向こうから女性の声がして静香は足を止めた。ひとみと東子も足を止める。

――そうですが……。あなたは？

――こういう者です。

――刑事さん……。

静香は立ち止まって聞き耳を立てている。ひとみも静香の両肩に手を添えて静香の背後から聞き耳を立てる。

――アリバイですか？

――山本さん。犯行時刻には、どこにいましたか？

山本のギョッとしたような声が聞こえる。

――そういう事になります。

――関係者全員に訊いてるんですよね？

――必要のある人に訊いています。

――そんな……。

山本が泣きそうな声を出す。

――答えてください。

――あの日は……。

山本の言葉が途切れる。

――思いだせないんですか？

――プレッシャーをかけないでくださいよ。思いだしたくても、そんな目で睨まれたら頭がうまく回らない。

――七月二十三日の夜中ですよ。

――夜中……。その日はたぶん自宅に帰って寝ていました。

――証明できますか？

――僕は一人暮らしですから……。証明はできませんけど。でも確かだと思います。

――わかりました。では次です。あなたは今回のことをどう思いますか？　犯人に心当たりは？

――ありません。

――晃倫さんが誰かに恨まれていたようなことは？

――恨んでいた人は……。

――いるんですか？

――恨んでいたというのとは違うと思います。

――言ってください。

――板場の連中は、おもしろく思ってなかったでしょうね。

――板場？

――板長の加賀美さんと板前の深沢さんです。

――そのかたたちは長いんですか？

――加賀美さんも深沢さんも四十を超してますが若い頃からうちにいますよ。

メモを取るようなカサカサという音がする。

――晃倫さんは、もともと板前でしてね。料理には、うるさいんです。それで、しょっちゅう板場に顔を出しては、あれこれ指図をしてました。

——宿の主なんですから指図ぐらい出してもおかしくないでしょう。

——晃倫さんは豪快な人でしたから言い方が容赦ないんです。

——きつい？

——ですね。怒鳴ってる感じでした。

——怒鳴られた方は堪ったもんじゃないでしょうねえ。いい大人が怒鳴られたりしたら。

——しかも腕に自信のある料理人ですから。

——殺すほど憎んでもおかしくない？

——そそ、そんなことは言ってませんよ。

——判りました。板場のお二人に話を聞いてみましょう。

——私が言ったなんて言わないでくださいよ。

——もちろんです。捜査は秘密厳守が基本ですから。

会話を聞いていた静香が「なんだか聞き覚えのある声よ」と、ひとみに言う。

「行ってみましょう」

「そうね」

立ち聞きしていたことに気が咎《とが》めたのか、ひとみはすぐに賛成して三人は本館の角から顔を出した。

「あら」

角を曲がると山本の他に女性が一人、若い男性が一人立っていた。

「ん？」

女性刑事が静香の顔をジッと見る。

「あなたたちは……」

「やっぱり浜さんか」

顔馴染みの刑事、浜千景刑事と青柳慶刑事だった。

「早乙女さんでしたっけ。また会ったわね」

「あたしたちが行くところ殺人事件ありよ」

「あんまりいい体質とは言えないわね」

浜刑事が溜息混じりに言う。

「お知りあいなんですか？」

山本が両者を交互に見ながら訊いた。

「前に長野旅行に来たときも殺人事件に巻きこまれて……」

「巻きこまれたっていうか自ら飛びこんでいった感じ？」

「その時に知りあったの」

「その節はお世話になりました」

青柳刑事が言う。

「お世話なんかしてないけど事件解決の一助になったことは確かよね」

浜刑事も頷く。

「そうだったんですか」

山本が見直したように静香に視線を向ける。

「だから、あたしたちの言葉も無視できないのよ。これから何か訊く事があるかもしれないけどよろしくね」

「判りました」

「ちょっと。民間人が捜査の邪魔をしないでよ」

「判ってます。邪魔じゃなくて、あくまで協力」

浜刑事が、さらに静香に注意しようとしたとき山本が頭を下げてその場を去っていった。

「とにかく、くれぐれも邪魔をしないように」

そう釘を刺すと浜刑事と青柳刑事も本館に入っていった。

＊

本館に入ると二人の刑事は従業員たちの話を聞くために竹田早紀と聖に部屋を用意してもらった。従業員たちが使う休憩室の一つだ。

最初に呼ばれたのは板場の加賀美徹と深沢伴明だった。

加賀美徹は四十四歳。背が高くガッシリとした体格で顔は長く目がギョロリとしている。

「関係者のかたに事件当時、どこにいたかをお聞きしています」

青柳刑事が話しだす。

「夜中でしょう？　自宅で寝ていましたよ」

「それを証明する人は？」

「女房と子供です」

「深沢さんは？」

深沢伴明は四十歳。小柄で、ずんぐりむっくりとした体型だ。顔は皺が多くゴツゴツとした印象である。

「僕は独身ですので証明する人はいませんね」

「そうですか。では、お二人にお訊きしますが事件に関して何か心当たりは？」

「犯人の、ということですか？」

加賀美が訊きかえす。

「そうですね。それ以外の事でもかまいません」

「特に思いつきませんね」

そう言って加賀美は深沢を見た。深沢が頷く。

「そうですか……」

「時に……」

浜千景刑事が口を開いた。

「あなたがた御自身は竹田晃倫さんのことを、どう思っていましたか？」

「わたしたち自身が？」

「そうです。晃倫さんは、もともと板前だったとお聞きしました。料理のことでアドバイスなどをされていたんじゃないですか？」

二人はまた顔を見合わせる。

「どうですか？」

「正直、うんざりしていました」

加賀美が答える。

「頻繁に板場に顔を出しますから」

「なるほど」

「こちらもプロですからね。たまに気の利いたポイントを指摘してくれるぐらいならいいんですが毎日のように怒鳴られたら」

加賀美はハッとしたように口を止めた。

「だからといって殺そうなんて思いませんよ」

深沢も焦った様子で何度も首を縦に振っている。

「殺したくなるほど頭に来たんじゃないですか？」

「そりゃ頭に来ましたよ。だけど〝殺したくなるほど〟と実際に殺すのとは違うでしょう。ハードルが高すぎる。実際に殺すのは、よっぽど煮えくりかえるほどの怒りがないと」

「そこまでの怒りはなかったと？」

「これでも女房子供がいるんですよ。馬鹿な真似はしません」

「あなたは？」

浜千景は深沢に目を向けた。

「ぼ、僕は気の弱い人間なんです。殺すどころか殴ることもできませんよ。今まで暴力なんて振るった事はないんですから」

「それは私も同じです」

加賀美が勢いこんで言う。

「判りました。ご協力ありがとうございました」

二人の刑事は次に仲居の志村香《しむらかおり》を呼んだ。志村香は三十五歳。小柄で顔は丸く円《つぶ》らな瞳を持つ女性である。

「志村さん。今回の事件をどう思いますか？」

浜千景刑事が訊く。

「聖さんが、かわいそうで」

志村香の目には、うっすらと涙が滲んでいるように見える。

「奥さんだって、かわいそうでしょう」

「たしかにそうですね」

「一番かわいそうなのは亡くなった晃倫さんだし」

「はい」

「かわいそうとか、それ以外で何か思うところは？」

「特にはありません。ただただ驚くばかりで」

「そう」

その後、新たな情報は聞きだせず志村香は席を立った。

浜千景は次に仲居頭の雨宮佐和子を呼んだ。雨宮佐和子は三十九歳。身長は百六十センチぐらいだろうか。顔の造りなど全体的に大柄な印象を与える。

「事件当時、あなたは、どこにいましたか？」

浜刑事が質問を始める。

「自宅で寝ていました。夫と子供が証人です」

青柳刑事がメモを取る。

「雨宮さんは今回の事件をどう捉えていますか？」

「ビックリしました」

「犯人に心当たりは？」

「ありませんよ。そんな恐ろしい人は知りません」

「仲居頭といえば旅館の様々な裏事情に通じているかと思います」

「そりゃあ他の人よりは詳しいでしょうけど」

「この旅館に関して何か裏の動きのようなものはありませんでしたか？」

「裏の動き？」

「たとえば〈ホテル　ニューパライソ〉から融資を受けていたとか」

「その話ですか」

「ご存じですか？」

「もちろん知っています」

雨宮佐和子の舌が滑らかになってきた。

「だけど、そのことが事件と関係あるとは思えません」

「なぜです？　金銭トラブルというのは、ありふれた動機ですよ」

「トラブルはありませんから。融資を受けただけです。返済も順調だと聞きました」

「なるほど。では金銭以外で竹田晃倫さんと揉めていた人物は知りませんか？」

「これも事件とは関係ないでしょうけど……」

「教えてください」

「旅館の経営方針は山本さんと対立していましたね」

青柳刑事がメモを取る手を一瞬、止めた。

「番頭の山本さんですか？」

雨宮佐和子は頷く。

「どのように対立していたんですか？」

「竹田晃倫さんは遣《や》り手でした。だから〈風林荘〉を更に発展させようとして融資も受けました」

「そのことに山本さんは反対していた？」

「晃倫さんは〈風林荘〉を改革しようとしていたんです。〈風林荘〉は和の佇まいを尊重して伸びてきた旅館です。だけど晃倫さんは、さらに業績を伸ばそうと近代的な旅館にしようとしていたんですよ」

「近代的……」

「簡単に言えばホテル的な設備を導入しようとしていたんです」

「たとえば？」

「各廊下に防犯カメラを設置したり。今は表玄関にしかありませんから。次にインターネットによる予約制の徹底化」

「他には？」

「和室の他に洋室も造ろうとしていました」

「なるほど。そういうニーズのお客様もいるでしょうからねえ」

「小さなお子さん連れのお客様には和室よりも洋室を望まれるかたもいらっしゃいます」

「そのことに山本さんが反対していたんですか？」

「そうなんです。山本さんばかりか聖さんも反対していました」

「聖さんも？」

「はい。聖さんも〈風林荘〉が伸びたのは和のコンセプトが大きいとお考えでした」

「意外ですね。年配の晃倫さんが改革を推進しようとして若い聖さんが伝統を重んじ

 るとは」

「市場分析の結果です。晃倫さんは、どちらかというと勢いに任せて勘で物事をお決めになるタイプです」

「近代化も勘で？」

「そんなご様子でした。聖さんは、きちんとデータを分析して和のコンセプトで押すべきだという結論に達したようです」

「なるほど。おおよそのことは判りましたが経営陣で意見の対立は、よくあることでしょう。〈風林荘〉の対立は、どのくらい激しいものだったんですか？」

「詳しくは判りませんけど晃倫さんと山本さんは最近は口も利いてませんでした」

「口も利いてない？」

「はい」

「それは深刻ですね。主と番頭が口も利かないのでは、やりにくいでしょう」

「女将が間を取り持っていました」

「晃倫さんの奥さんですね？」

「はい」

「では、その件に関してもう一度、女将に話を聞いてみましょう」

「私が言ったなんて言わないでくださいよ」

「もちろんです。ご協力ありがとうございました」

雨宮佐和子はそそくさと部屋を出ていった。

＊

雨宮佐和子は松代城跡の門を潜った。

（ここが松代城か）

松代城は武田信玄と上杉謙信が争った川中島の戦いにおいて武田側の忠臣、山本勘《やまもとかん》助《すけ》が戦略拠点として築いた城だ。

埼玉県出身の雨宮佐和子は長野に転居してから二十年以上経つが、まだ松代城には一度も行ったことがない事に思い至り休みを利用して一人で出かけてきたのだ。松代城は〈風林荘〉から歩いてゆける距離だから一度は行きたいと思っていたのだ。

（仕事帰りには閉門しているから休みでないと行けないし……。旅館勤めは土日出勤が多いけど平日に休めるから観光は便利なのよね。どこも空いていて。家族一緒の休みが、なかなか取れないのが辛いところだけど）

夫が仕事、子供が学校に行っている時間帯に佐和子は長野駅からバスを利用してやってきた。すでに天守などは跡形もないが石垣と鴨が羽を休める堀が残っているし再建された櫓からは千曲川と北アルプスが望める。

(平日だけあって観光客は、ほとんどいないのね)

トンネルが見える。城内に小高い丘があり、その丘を抜けるための通路が短いトンネルになっているのだ。佐和子はトンネルを潜ろうとして足を止めた。

(女将さん?)

トンネルの先を〈風林荘〉の女将、竹田早紀が横切る姿が見えた。声をかけようとしたとき男が横切る姿が見えた。

(え?)

男は山本雄之助だった。

(どうして女将さんと番頭さんが、こんな場所で?)

反射的に身を隠した。

——もう一度、犯行現場に行ってみようと思うんです。

山本の声だ。佐和子は身を隠して二人の会話を聞いている。

——やめなさい。

竹田早紀の声。

――犯人が残した証拠があるような気がするんです。

――警察がとっくに調べているわよ。

――そうなんですが……。

山本の煮えきらないような声が聞こえる。佐和子は、このまま隠れているのも気が引けるような気がしてトンネルに入り反対側に顔を出した。

(あ)

信じられない光景が目に飛びこんできた。

(どういうこと?)

佐和子は再び身を隠した。にわかに心臓がバクバク脈打つのを感じた。早紀と山本が抱きあって唇を重ねていたのだ。わけが判らなかった。

(二人は、そういう関係だったの?)

今まではそんな素振りは見せなかった。背後に人の気配がした。別の観光客がトンネル付近に現れたのだ。それを機に早紀と山本もトンネルを離れたようだ。佐和子も二人に気づかれないように反対側から松代城を離れた。

＊

静香が〝もう一度、富樫マリナに話を聞きたい〟というので、ひとみは富樫マリナに連絡をして午後六時に長野駅近くの居酒屋で会う段取りをつけた。ひとみたちは早く来て、すでに飲み始めている。

「来たみたいね」

店のドアが開いて富樫マリナが現れた。ひとみが手を挙げるとマリナは気がついて、ひとみたちの席にやってきた。静香と東子が並んで坐っているのでマリナはひとみの隣に坐る。

「ビールでいい？」

ひとみが訊くとマリナは「ウーロン茶をお願いします」と答えた。

「あら。飲めるって聞いてたのに」

「飲む気がしないんです」

「そりゃそうよね。婚約を解消して、その上、相手のお父さんが殺されたんだものね」

静香の言葉にマリナは返事をせずに項垂《うなだ》れている。

「そんなときに呼びだしちゃったりして、ごめんなさいね」

ひとみが言うとマリナは「いえ」と顔をあげた。

「事件を解決したい気持ちは誰よりも持っているつもりです」

「話が判るわね。だったら、あなたが婚約を解消した理由を話してくれる？」

静香の言葉にマリナの顔色が変わった。

「それが事件解決に必要なんですか？」

「結果的には必要じゃないかもしれない。でも聞かない限り判らないわ」

マリナはしばらく静香を怒ったような顔で睨みつけていたが、やがて観念したのか
「判りました」と言った。

「志村香さんが原因です」

「志村香？」

「ご存じですよね？」

「知ってるわ。〈風林荘〉の仲居さんよね」

「はい」

「でも、どうして志村さんが？」

「聖さんは、まだ志村さんのことが好きなんです」

「まだ？」

「お二人は以前、つきあっていたんです」

「そうだったんだ」

「その聖さんの気持ちに気がついて、わたしは身を引いたんです」

「でも聖さんは、志村香さんのことが今でも好きだったら、どうして別れたのかしら。振られたの？」

「いいえ。志村さんも、まだ聖さんのことが好きなはずです」

「だったら、どうして」

「晃倫さんがお二人の交際に大反対だったんです」

「晃倫さんが？」

「はい。家の格式が違うことに拘っていらっしゃったようです」

「今どき格式？」

「感情で動くかたでしたから瞬間的にそう思いこんだら譲らないんです」

思い当たる節があるのか静香は頷いた。

「で聖さんは父親の言うことに従ったって言うの？」

「はい。でも本心は……」

「今でも志村さんに思いがある……」

「もういいですか？　用事がありますので」

「ありがとう。参考になったわ」

マリナは頭を下げると店を出ていった。

＊

青柳刑事が運転する覆面パトカーが千曲川を渡ろうとしていた。〈風林荘〉から〈ホテル　ニューパライソ〉に向かう途中である。

「〈風林荘〉の番頭である山本が犯人という事はないでしょうか？」

ステアリングを握る青柳刑事が助手席に坐る浜千景刑事に言う。

「山本が？」

「ええ」

「彼は〈風林荘〉に忠誠を誓うようなタイプに思えるけど？」

「だからこそですよ」

青柳刑事は強調した。

「山本は誰よりも〈風林荘〉のことを考えていた。おそらく主の晃倫よりも」

「どういうこと？」

「晃倫は改革派でしたね」

「そうだったわね」

「山本はそれは〈風林荘〉にとって良くないと思いこんでいた」

「彼は伝統を重んじるタイプだったわね」

「そうなんです。だから〈風林荘〉にとって良くない考えを持つ晃倫を殺した」

「そう言えば〈風林荘〉を思う彼の情熱、どこか異様な熱気を帯びていたような気がするわ」

「でしょう？」

浜千景刑事のスマホの着信音が鳴った。


——浜さんですか？

発信元は捜査本部の中堅刑事だった。


——浜さん。〈風林荘〉の番頭、山本雄之助の死体が発見されました。

——え？

——すぐに被害者の自宅に向かってください。

――判った。

浜千景は通話を切った。

＊

竹田晃倫殺害事件の捜査本部で山本雄之助の死亡が報告された。

「署長。詳細を」

堀内本部長に促された川中島署の百瀬署長が立ちあがり説明を始める。

「死亡したのは山本雄之助。五十九歳。〈風林荘〉の番頭です。〈風林荘〉のオーナーが殺害され日を置かずに番頭まで亡くなった。両件に関連があると考えるのが筋でしょう」

百瀬署長の意見に捜査員たちが頷く。

「死亡日時は七月二十七日の深夜。死因は玄関のドアノブに布を括《くく》りつけての首吊りだ。被害者は睡眠導入剤を飲んだ後、首を吊った」

「自殺という事ですか」

「そう思われる。被害者は遺書を残していた」

「スマホに書きのこしていた。これがその内容だ」

百瀬署長が最前列に坐る若手刑事に合図を送ると各自が坐るテーブルに置かれたノートパソコンに遺書の画像が送信された。


——竹田晃倫さんを殺害したのは私です。罪を償います。


送信された画像を見た捜査員たちが息を飲む。

「竹田晃倫殺人事件の犯人が山本雄之助で、山本雄之助は自責の念に駆られて自殺したという事ですか」

百瀬署長と堀内本部長が同時に頷いた。

「首を吊る前に飲んだ睡眠導入剤は〈風林荘〉の女将、竹田早紀のものを盗んだようだ」

「竹田早紀のものを？」

「竹田早紀は夫が殺害された後、眠れなくなって睡眠導入剤を処方されて旅館にも置いていたんだ。旅館に寝泊まりする事もあるから。それを山本は盗んだと思われる」

「なるほど……。山本が竹田晃倫を殺害した動機は？」

「遺書の形態は？」

「竹田晃倫と山本雄之助は〈風林荘〉の経営方針を巡って対立していた。その辺りが動機だと考えられる」

「事件は解決ですか」

「ですが」

浜千景刑事が挙手をしながら声をあげる。

「スマホでしたら誰かが被害者のスマホに残した可能性も考えられますよね？」

「その通りだ」

堀内本部長が応える。

「死ぬ前に睡眠導入剤を服《の》んでいたのも気になります」

「たしかに。なので、とりあえずは自殺が本線だが、その他に他殺も含めて事件の全容が解明されるまで捜査本部は解散しない」

捜査員たちが顔を引きしめる。

「遺体発見現場は？」

「被害者の自宅だ。第一発見者は竹田早紀」

「また竹田早紀が？」

浜千景刑事は違和感を覚えた。

「どうして竹田早紀が被害者の自宅に？」

「旅館にやってこないので見にいったそうです」

「そうですか。ですが睡眠導入剤の入手先も竹田早紀ですし気になります」

「その点も視野に入れながら今後は山本雄之助が本当に竹田晃倫を殺害するだけの強い殺意を持っていたのか。その辺りを重点的に捜査するように」

「判りました」

浜千景刑事と青柳刑事は頷きあって今後の意気込みを確認した。

*

〈アルキ女デス〉の三人は〈風林荘〉の部屋で夕飯を食べながら話しあっていた。

「このままじゃ帰れないわよ」

静香が鹿肉のカツを頬張りながら言う。

「どうしてよ。事件は解決したのよ。竹田晃倫さんを殺害したのは番頭の山本雄之助で、山本雄之助は自責の念に駆られて自殺した」

「それで本当に解決だと思う?」

「それは……」

「ひとみだって腑に落ちてないんでしょ?」

「山本さんは自責の念に駆られて自殺したわけではないと思います」

　東子が言った。

「というと？」

「誰かに殺されたのだと思います」

「衝撃発言ね。どうして、そう思うの？」

「山本さんは首を吊る前に睡眠導入剤を飲んでいるそうですね。でも首を吊るのだったら睡眠導入剤は必要ありません」

「自殺の恐怖を和らげるためかもしれないわよ」

　ひとみが反論する。

「ですが遺書の問題があります」

「スマホに残した遺書ね」

「はい。山本さんはスマートフォンでは文字を打つのが苦手で職場内の連絡はガラパゴスケータイ……旧型携帯電話で行っていたそうですね」

「ガラパゴスケータイ……ガラケーのことか。うん。そういえばそうよ。山本さんはスマホで文字を打てなかったのに遺書はスマホに残っていた……」

「つまり遺書は別人が書いたってこと？」

「いよいよ帰れなくなったわね」

「わたし、明日の夜には会議があるのよ」

ひとみがビールを飲みほして応える。

「キャンセルしなさいよ」

「どうしてキャンセルするのよ！」

「殺人事件と大学の会議、どっちが大切なのよ」

「自分に関係のない殺人事件よりは自分に関係のある会議の方が大事よ」

「この殺人事件は、ひとみにも関係あるでしょう。宿泊先の主と番頭が立て続けに殺されたんだから」

「それもそうか」

素直なひとみである。

「だったら明日の夕方までには解決しましょう。それなら会議に間に合うと思うから」

「そう来なくっちゃ。それでは、これから旅情捜査会議を開きます」

静香は旅先での殺人事件に関する自分たちの話しあいを旅情捜査会議と呼んでいた。

「事実を確認するわね。最初に殺されたのは〈風林荘〉の主である竹田晃倫」

「わたし、てっきり犯人は番頭さんだと思ったけど」

「死んだ人を悪く言うのはやめなさいよ」

「悪くって……。遠慮してたら捜査会議にならないでしょ」

「それもそうね。だったらあたしも遠慮なく言わせてもらうけど」

「静香はいつだって遠慮ないでしょ」

「失礼ね。それより事件の話よ。山本さんが晃倫さん殺しの犯人じゃないとしても自殺した可能性はあるわよ」

「それはないわね」

ひとみは静香の意見を一蹴した。

「山本さんは自殺に見せかけるような細工を施されていたのよ。スマホが扱えないのにスマホに遺書を残されて。本当に自殺だったら、そんな細工をする必要もないでしょ」

「山本さんの自殺を利用して晃倫さん殺しの濡れ衣まで着せようとしたとか」

「晃倫さん殺しの犯人じゃないのに、どうして山本さんが自殺するのよ」

「山本さんには借金があったんでしょ。それを苦にして」

「だけどボーナスの支給が近いのよ。それを待たずに自殺するなんて考えにくいわ」

「そうか。ここは借金問題に詳しいひとみの意見を尊重するか」

「誰が借金問題に詳しいのよ」

「細かいことは気にしない。要は山本さんも誰かに殺されたってこと」

「そうね。その人が晃倫さんも殺したのかな」

「でしょうね」

「翁さんは最初〝番頭さんが犯人〟だと思っていらしたようですけど、どうしてそう思ったのでしょうか？」

「だって晃倫さんと番頭さんは経営方針を巡って意見が対立してたのよ」

「ひとみ。晃倫さんと対立してたのは、もう一人いるわよ」

「聖さんでしょ。でも聖さんは実の息子よ」

「親子間の殺人だって、けっこう新聞に載ってるわよ」

「そうね。でもそれは大抵は親子関係がうまくいってなくて憎悪がある場合よね。晃倫、聖親子はそこまで啀《いが》みあってなかったわよ」

「だったら板場の人たち？」

「静香。板場の人たちは晃倫さんを殺す動機はあっても山本さんを殺す動機はないわよ。むしろ晃倫さんに罵倒される板場の人たちを山本さんは慰めてたんだから」

「山本さんに殺害現場を見られたとか」

「山本さんが殺害現場を目撃したのなら、その時点で山本さんが警察に通報してるでしょ。それだけの時間は充分にあるわよ」

「そうね。でも、だったら誰が？」

静香が考える。

「身内殺人の該当者、もう一人いるわね」

「え？」

「早紀さんよ」

「早紀さんが……」

「言ったでしょ。殺人事件の犯人って意外と身内が多いのよ」

「でも静香。早紀さんが犯人だとしたら動機は？」

「それは判らないけど。夫婦にしか判らない事ってあるでしょ」

ドアをノックする音がした。

「失礼します」

入ってきたのは雨宮佐和子だった。

「地酒をお持ちしました」

「あら気が利くのね。頼んでないのに」

「よく飲むとお聞きしましたので」

「地獄耳ね」

「デビルマンか」

ひとみの揶揄《やゆ》が聞こえたのか聞こえなかったのか静香は雨宮佐和子に「丁度いいと

ころへ来たわ」と言った。

「何でしょう?」

「そうよ。何なの?　静香」

「事情聴取よ」

「え?」

「心配しないで。あなたの地獄耳を見込んで話を聞きたいってことよ。これも〈風林荘〉のためよ」

「〝〈風林荘〉のため〟が大義名分になってるわね」

ひとみが東子に耳打ちする。

「だから何か情報があったら話してちょうだい」

雨宮佐和子は神妙な顔で頷いた。

「実は……」

やはり地獄耳は健在のようだ。

「わたし見ちゃったんです」

「何を?」

「女将と山本さんがキスしてるところを」

「ええ!」

ひとみが叫ぶような声をあげると静香が右手でひとみの口を押さえた。

「静かにしなさいよ。女将に聞かれたらどうすんの」

ひとみが頷くと静香はひとみの口から手を離した。

「どういうこと？」

静香は雨宮佐和子に向きなおる。

「こっちが訊きたいわよ」

雨宮佐和子の口調は、かなり親しげなものに変わっている。〈アルキ女デス〉の三人と業務以外の話、それも他の人間に漏らせない秘密の話をしたことで精神的な親密度を増したようだ。

「美女と野獣じゃないの」

「それ以上よ」

酷い話をしている。

「それ、いつの話？」

「昨日よ」

「どこで？」

「松代城」

雨宮佐和子は自分が見た二人の様子を静香たちに伝えた。

「驚いた話ね。二人は、そういう関係だったの？」

「判らないけど、とにかく見たのよ」

「だとしたら、こういう事は考えられない？」

静香が素早く考えを整理する。

「早紀さんと山本さんが共謀して晃倫さんを殺した。そして秘密を知る山本さんを今度は早紀さんが殺した」

殺人事件の話に慣れていない雨宮佐和子の顔は蒼白になっている。

「ありうるわね」

ひとみも同意する。

「その話、警察には言ったの？」

「言ってないわ。プライバシーの侵害になるもの」

「そんなことを言ってる場合じゃないでしょ。その直後に山本さんが殺されてるんだから」

「そうね」

雨宮佐和子は蒼い顔のまま頷く。

「失礼します」

料理を運んできた別の仲居がドアの外から声をかける。

「会議終了ね。雨宮さん。警察には言ってね」

雨宮佐和子は頷いた。

＊

浜千景刑事が覆面パトカーの前に立ち千曲川を眺めている。

「これで様相が変わりましたね」

背後から青柳刑事が話しかける。先ほど覆面パトカーの走行中に浜千景刑事のスマホが鳴った。浜刑事は落ちついて通話をするために運転する青柳刑事に命じて川原に車を停めさせたのだ。電話は捜査本部からで新たな情報がもたらされた。第二の被害者である山本雄之助と〈風林荘〉の女将、竹田早紀が男女の関係にある可能性有りという情報だった。

「妻が不倫相手と共謀して夫を殺害したわけですか」

「よくあるパターンね」

「ですね。そこに旅館経営の利権が絡めば仲間割れのような形で山本が殺されるのも頷けますよ」

「犯人は竹田早紀で決まりかな」

「逮捕状を取りますか?」

「そのための証拠集めを本部長に進言してみましょう。竹田早紀に集中して捜査をすれば必ず証拠は出る」

二人は覆面パトカーに戻った。

＊

〈アルキ女デス〉の三人は〈風林荘〉の露天風呂に浸かっていた。

「気持ちいいわね」

ひとみが言うと「殺人事件さえなかったらね」と静香が返した。

「たしかに。まだ容疑者さえハッキリしないんだものね」

「ひとみ。何か考えは浮かんだ?」

「考えというか……。マリナさんの言葉で、ずっと引っかかってる事があるのよ」

「何?」

「愛情と義務」

「愛情と義務? ヨーロッパの古い小説のタイトルみたいね」

「茶化さないでよ。まじめな話よ」

「聞こうじゃないの」

「マリナさん、自分の結婚の話をしているときに〝愛情と義務の対立って難しい問題ですよね〟って呟いたのよ。覚えてる？」

「覚えてるわよ。マリナさんの物真似しなくても良いわよ」

「感じを出そうと思って」

「まあいいわ。でもそれが何か？」

「どういう意味で言ったのかしら？」

「こうじゃないかしら。マリナさんは聖さんと結婚したかった。これが愛情よね。でも〈ホテル　ニューパライソ〉のライバルである〈風林荘〉の跡取り息子との結婚は〈ホテル　ニューパライソ〉にとっては歓迎できないことよ。自分の勤務先への責任のことを考えたら、おいそれと結婚に踏みきるわけにはいかなかった。つまり勤務先への義務のことを言ってたのよ。それでマリナさんは愛情よりも義務を取って結婚をあきらめた」

「そうなのかな」

「そうだと思うわ。それより山本さんと竹田早紀さんの不倫、どう思う？」

静香の問いにひとみは「不倫じゃなくて山本さんの一方的な横恋慕だと思うわ」と応えた。

「え？　二人はキスしてたのよ」

「無理矢理よ」

「無理矢理？」

「山本さんが強引に早紀さんにキスをした。それを、たまたまその場面だけ雨宮さんが見てしまった」

「どうしてそう思うの？」

「あの二人、静香が言うように美女と野獣過ぎるもの」

「そういうカップルだっているわよ」

「そうだけど、なんていうかタイプが違いすぎる気がするの。空気感が違うというか」

「それはいえるかも」

「でしょ？」

「でも、それだと犯人は誰かしら？　晃倫さんと山本さん、二人に対して動機のある人って」

「やっぱり早紀さんかな」

「こういう事は考えられない？」

静香が立ちあがり湯船を囲む岩に腰をかけて言う。

「何よ」

　ひとみも、のぼせたのか立ちあがり静香の隣に坐る。二つの裸身が並ぶ。東子だけが肩まで湯に浸かっている。

「早紀さんが何らかの事情……たとえば家庭内暴力を振るわれて耐えきれなくなって晃倫さんを殺害した。それを知った山本さんが、そのことをネタに早紀さんに強引に言いよった」

「それで山本さんは早紀さんに殺された？」

　静香は頷く。

「じゃあ事件は解決かしら」

「でも……。どこかがおかしいのよ」

　静香は湯に戻った。

「二人の死によって得をする人物って誰かしら？」

　湯に浸かった静香が言う。

「得をする人物？」

「捜査の基本よ。あたしたち捜査の基本を忘れていたかも」

「そうね。基本が大事なのよね。竹田さんと山本さん。二人の死によって得をする人物……」

「得をする人物……」

東子が呟く。

「それに遺書だって基本事項よ。スマホに残された遺書」

「スマホ……」

ひとみの言葉を東子が聞き咎める。

「東子。スマホが気になるの？」

ひとみの問いに東子は「はい」と答える。

「それより誰が得をするかよ」

静香は目を瞑《つむ》った。

「何かが判りそうよ」

静香が目を開けた刹那、東子が立ちあがった。

「判りました」

東子の裸の軀を伝って湯が流れ落ちる。

「早紀さんは犯人ではありません」

「え？」

「犯人ではありえないんです」

「どうしてそんなことが言えるの？」

「考えをまとめたいので、お先に上がらせていただきます」

二人が見つめる中を東子は扉に向かって歩いていった。

＊

川中島古戦場史跡公園に竹田早紀と聖がやってきた。

「来てくれたのね」

静香が迎える。川中島古戦場史跡公園には、すでに六人の人間が来ていた。

〈アルキ女デス〉の三人。

雨宮佐和子と志村香の〈風林荘〉仲居コンビ。

浜千景刑事である。

竹田早紀と聖の親子が加わり八人になる。

駐車場に車が停まるのが見えた。〈ホテル　ニューパライソ〉の富樫マリナ、星菜々子、風間浩一が降りたつ。運転席からは上村憲司が降りた。四人が静香たちの一団に加わる。総勢十二人である。

「遅くなりました」

上村憲司が挨拶をすると富樫マリナ、星菜々子、風間浩一の三人は緊張した面持ちのまま無言で頭を下げた。

「全員、揃ったようね」

「早乙女さん。犯人が判ったって言うから来たのよ」

浜千景刑事が言う。

「この桜川が謎を解いたのよ」

静香が一歩引くと東子の姿が浜千景刑事の視界に入る。

「桜川さん。誰なの？　犯人は」

「聞きたいですね」

上村憲司が言った。

「私と竹田晃倫さんはライバルとはいえ、お互いに経営者としての実力を認めあう仲でしたから。もちろん〈風林荘〉の番頭である山本さんにも尊敬の念を抱いていました。その二人を殺害した犯人を野放しにはできません」

「最初に疑われたのは奥様の竹田早紀さんでした」

東子が話しだした。

「わたしが？」

早紀が驚いたような声を出す。

「はい」

東子は静かな声のまま答える。

「早紀さんは最初の殺人も第二の殺人も第一発見者になっています」

「偶然にしては、できすぎていますね」

浜千景刑事が口を挟む。

「加えて早紀さんは山本さんと男女の関係にあるという情報がありました」

「ええ？」

聖が声をあげる。

「そんな馬鹿な……」

早紀は〝違う〟というように首を横に振っている。

「じゃあ、やっぱり早紀さんが晃倫さんを……」

みなが早紀に注目する。

「いいえ」

東子の静かだが凛《りん》とした声が響く。

「早紀さんは犯人ではありません」

「え？」

浜千景刑事が声をあげる。

「早紀さんが犯人じゃない？」

「はい」

「どうして、そう言えるの？」

「山本さんが犯人じゃないのと同じ理由です」

「山本さんも犯人じゃない？」

「はい」

「早紀さんが犯人じゃなければ山本さんが犯人だと思っていたけど……」

「違います」

「理由は？」

浜千景刑事はまっすぐに東子を見つめている。

「山本さんのスマホには遺書が残されていました。ところが山本さんはスマホで字を入力することができないのです」

「え？」

風間浩一が声をあげた。

「スマホで字が入力できない？」

「はい。メールなどは、もっぱらガラパゴスケータイで遣りとりしていたそうです」

「そんなことが」

「あるのよ」

静香が前に進む。

「このことは〈風林荘〉の従業員なら誰でも知っている事なの。犯人は、そのことを知らないでスマホに細工をした。つまり犯人は〈風林荘〉の人間じゃないって事なのよ」

風間浩一の顔が蒼くなる。

「じゃあ犯人は誰なの？」

静香の目はまっすぐに星菜々子を射抜いている。

「星さん」

「はい」

返事をした星菜々子の声が掠《かす》れている。

「景気はどう？」

「え？」

「〈ホテル　ニューパライソ〉の景気よ」

静香の質問の意図を摑みかねているのか星菜々子は答えない。

「経費削減が著しいんじゃない？」

「それは……」

「星さんはホテルのブライダル部チーフよね。ブライダルに関わる衣装や料理をワンランク下げるようなことはしていない？」

星菜々子はチラッと上村を見た。

「しています」

星菜々子の代わりに上村が答える。

「実は、このところ当ホテルも経費削減に努めています。どこもやっている企業努力でしょう。それが何か？」

「〈風林荘〉のお二人が殺されて誰が得をするかを考えてみたの」

「得をする人間が犯人ってこと？」

浜千景の問いに静香は「そうよ」と答えた。

「誰が犯人だって言うの？」

「上村さんよ」

「え？」

「私が？」

上村が心外そうな声を発する。

「そうよ。〈ホテル　ニューパライソ〉にとって〈風林荘〉はライバルだった。そして〈風林荘〉にとって竹田晃倫さんと番頭の山本さんは両輪だった。その二人が亡くなることは〈風林荘〉にとって大打撃よ」

「厳しい業界だから一気に潰れてしまうことは充分に考えられるわね」

浜千景刑事が応える。

「上村さんは、それを狙った」

「ちょっと待ってください。何を言っているのか判らない」

「何度も言わせないで。上村さん。あなたが犯人よ」

上村はキョトンとした顔をしたまま無言で静香を見つめる。

「二人の死は、あなたにとって都合の良いことだったんだもの」

「冗談でも、そういうことは言わない方が良い」

「冗談で言ってるわけじゃないのよ」

「でしたら私も真面目に反論しますが、この業界は共存共栄ですよ。いくら〈風林荘〉がうちのライバルだからと言って私は二人の死を望んだりはしません」

「そうかしら」

「上村さんが犯人……」

浜千景刑事が独り言のように言う。

「まさか」

風間浩一が呟く。

「〈ホテル　ニューパライソ〉の業績のためといいますが〈ホテル　ニューパライソ〉

は〈風林荘〉に融資をしていたほど業績が良いんですよ」

風間が静香に反論する。

「その融資も〈風林荘〉を潰すことが目的だったとしたら?」

「融資が〈風林荘〉を潰す?」

「〈ホテル　ニューパライソ〉が貸しだしたお金の金利は高額だったそうね」

「それは否定しません」

「その目的は〈風林荘〉がその高額な金利に苦しんで潰れることだった」

「言いがかりも甚だしい」

「でも上村さん言ってたわよね。経営が苦しいって」

「それは、どこも同じでしょう」

「苦しい経営を立て直す方法があったら?」

「それが〈風林荘〉を追いこむこと?」

「上村さんは、そう思いこんでいた。なぜなら」

静香は上村を見つめる。

「上村さんの父親のホテルがそうだったから」

上村の眉が険しくなる。

「上村さんの父親が経営していたホテルも高金利の融資を受けて、それが負担になって経営破綻してしまった。だから上村さんは〈風林荘〉もそうなることを目論《もくろ》んで高額の金利で融資を提案したのよ」

「敵に塩を送ったわけではなかった……」

「〈風林荘〉が借入金を返済できなくなって経営破綻することを望んでいたんじゃないの？」

「そんなことは……」

反論しようとする上村の声は弱々しい。

「〈風林荘〉が潰れれば相対的に〈ホテル　ニューパライソ〉の経営が盛り返すと上村さんは思った。だからこその犯行なのよ」

上村は反論しない。上村の父親のホテルが潰れたことによってライバルホテルが発展したことを目の当たりにしていた上村は〈風林荘〉が潰れることによって〈ホテルニューパライソ〉が発展することを目論んだ……。

「ところが意に反して〈風林荘〉は融資のお陰で飛躍的な発展をしちゃったのよ」

「だから殺した？」

「そんなことで……」

「経営者にとって会社って我が子同然だって聞いたことがあるわ」

「まして上村さんは独身で子供がいない……」

「まさに〈ホテル　ニューパライソ〉が我が子……」

「我が子が危機に陥ったら、どんなことをしても助けようと思いつめるのは親なら当たり前の気持ちじゃないかしら」

「そんな賭けに出るなんて」

「〝経営は賭けだ〟が上村さんの経営哲学だったはずよ」

「経営は賭け……」

「その意味を履き違えていたようだけど」

上村の軀から力が抜けてゆく。

「上村さんは竹田晃倫さんを川中島古戦場史跡公園に呼びだした。おそらく融資のことで人に聞かれたくない話があるとでも言ったんでしょう。二人にとって川中島古戦場史跡公園は特別な場所でしょうから」

「そこで殺したの？」

「そうでしょうね。竹田さんが好きだったという武田信玄と上杉謙信の一騎打ちの像の前で犯行に及んだんじゃないかしら」

「二人は現代でも一騎打ちをしていたのね」

「凶器の包丁は〈風林荘〉のものでしょ？　どうやって持ちだしたの？」

浜千景刑事の問いに静香は「山本さんに頼んだんでしょう」と答える。

「山本さんに？」

「共犯だったのよ」

みなは唖然《あぜん》とした。

「山本さんも竹田晃倫さんの経営方針に反対だった。上村さんと利害が一致していたの」

「それで協力を……」

「それが仇《あだ》になったのよ」

「秘密を知る山本さんを上村さんは最初から殺害するつもりで……」

「山本さんは〈風林荘〉と〈ホテル　ニューパライソ〉の融資の交渉をしていたのよね。その過程で上村さんと親しくなったんじゃないかしら。業務時間以外に会うことも多かったって聞いたわ。それで山本さんの立場や気持ちを察して上村さんは自分の犯罪に誘ったんじゃないかしら」

「飲んだ席での密談もあったかもね」

「上村さんは仲間に引きこんだ山本さんに何らかの理由をつけて竹田早紀さんの睡眠導入剤を盗むように命じて、それを山本さんのドリンクに混ぜて飲ませたんでしょう」

「証拠はあるんですか？」

富樫マリナが訊く。社長である上村が二人の人間を殺害したことを信じたくないように。

「浜さん！」

青柳刑事がやってきた。

「凶器の布から被害者以外のＤＮＡが検出されました」

報告を受けた浜千景刑事は上村に向き直った。

「上村さん。あなたのＤＮＡと照合させていただけますか？」

上村はガックリと項垂れた。

＊

長野駅から東京に帰る〈アルキ女デス〉の三人を富樫マリナと風間浩一が見送りに来ていた。

「あなたのお母さんが〈ホテル　ニューパライソ〉のオーナー業務を引き継ぐんだって？」

静香がマリナに声をかける。

「はい。わたしの知らないところで、そうなっていたようです」

「支配人だったんだもんね。適任よ」

「当分はオーナー業務と支配人を兼任するそうです。今度こそ〈風林荘〉と共存共栄するんだって言ってます」

「期待してるわ」

「本当にありがとうございました」

　マリナと風間が頭を下げる。

「あなたたち、よりが戻ったのね」

「風間さんとの間に子供ができていたと判って……」

「それで竹田聖さんとの結婚を直前に取りやめたのね」

「本当に申し訳なく思っています」

「でも決断して良かったと思うわ」

「そうよね」

「だって決断しなかったら、ほかの男性の子を身籠ったまま結婚する事になっちゃうもんね」

「聖さんには本当に悪いことをしました。ただ……」

「ただ?」

「聖さんの気持ちが、まだ志村香さんにあると、ずっと感じていたものですから」

「聖さんの気持ちがまだ志村香さんに……」

「いまさら言っても、すべては言い訳にしかなりませんけど」

「聖さんと志村さんも、よりを戻すようです」

風間が口を挟む。

「そう。マリナさんが感じていたことは間違いじゃなかったのね」

マリナが遠慮がちに頷いた。

「自然の流れを無視して強引に推し進めても、うまくいかないものよね。旅館の乗っとりにしても結婚にしても」

〈風林荘〉を吸収しようとして強引な融資を行った〈ホテル　ニューパライソ〉は自分の首を絞めたし強引に推し進められた竹田聖と富樫マリナの結婚話は、それぞれ元の鞘に収まった。

「ホントにそうですね」

「マリナさんは星菜々子さんと恋愛関係にあるのかと思ったりしたけど」

二人は抱きあっているところを目撃された。

「あれは……」

「星さんはマリナを妹のように可愛がってくれてたんです」

風間が答える。

「妹のように？」

「はい」

マリナが返事をした。

「だから、わたしと聖さんの婚約が破談になったとき、わたしを慰めてハグしてくれたんです」

「そうだったの。何事も早合点しちゃダメね。竹田早紀さんと山本雄之助のキスだって山本さんが無理矢理に迫ったものだったらしいし」

「ねえ静香、マリナさんが言った〝愛情と義務〟って逆だったのね」

「逆？」

「マリナさんにとっては結婚が義務だった。竹田聖さんとの結婚が。愛情はずっと風間さんにあった」

「自分の気持ちに自分で気づかなくて……。反省しています」

ひとみのスマホの着信音が鳴った。ひとみはスマホを取りだすと耳に当てる。

――はい。そうですか。教えていただきまして、ありがとうございます。

一言二言話すとひとみは通話を切った。

「浜刑事よ。上村さんが自供したって」

「誰から？」

「そう。よかったわね」

ひとみの報告を聞いたマリナと風間は深々と頭を下げた。〈アルキ女デス〉の三人は二人に別れの挨拶をすると新幹線に乗りこみ、すぐに缶ビールを飲みだした。

「ねえ、これ見て。ポテトチップスの塩辛味」

「そんなもの、どこで見つけたのよ」

「地元のコンビニ」

「わけの判らない味ね」

「判らないって言えば人間って判らないわね」

「何がよ？　ひとみ」

「相手のことを思って融資したと思っていたら相手を潰すためだったなんて」

「ちょっと待って」

「どこにも行こうとしてないわよ」

「それだったのかも」

「何が？」

「塩よ」

「塩？」

「そう。上杉謙信が武田信玄に送った塩」

「天晴《あっぱ》れよね。敵に塩を送るなんて」

「だから、それが違ってたら？」

「違ってるって？」

「上杉謙信に別の意図があったとしたら？」

「何よ、別の意図って」

「つまりね、上杉謙信は武田信玄を窮地に陥れようとして塩を送ったってこと」

「人格者の上杉謙信が、そんな事をするわけないでしょ」

「人格者って、ひととみ。あなた上杉謙信を直接知ってるわけじゃないでしょ」

「それはそうだけど……。でも塩を送ったら、どうして信玄が窮地に陥るのよ」

「信玄の死因って何だった？」

「諸説あるけど胃癌とか食道癌とか……。いずれにしろ病死よね」

「塩分の取りすぎが原因とは考えられないかしら？」

「塩分の取りすぎィ？」

「高血圧とか。とにかく健康のためには塩分を控えましょう、減塩でいきましょううっ
て言われるぐらいだから塩分の取りすぎは軀に悪いことは確かよね」

「だからって」

「ありえますね」

ひとみの言葉を遮るように東子が肯《うべな》う。

「だとしても偶然でしょ」

「いいえ。謙信は、そのことを知ってたんじゃないかしら。謙信は信心深くて生活は修行僧のようだったでしょ」

「そうだったわね」

「修行僧って精進料理とか健康に詳しそうだもの。ひとみもあんまり塩辛いものばっかり食べてちゃダメよ」

「好きなんだもの」

「あなたの軀のことを心配して言ってるのよ」

「ありがとう」

三人を乗せた新幹線は一路、東京を目指している。

伊達政宗～独眼竜は眠らない～

真夜中……。

翁《おきな》ひとみはベッドの上で夢を見ていた。杉並《すぎなみ》区久《く》我山《がやま》にある自宅マンションの寝室である。

帆掛け船が見える。海を進むその帆掛け船には旅人や武士、町人たちが乗っている。武将も一人乗っている。武将は一人で酒を飲み寿司を食べている。片目に眼帯をしているところを見ると伊達政宗《だてまさむね》のようだ。その様子を、ひとみは、どこからか眺めている。

伊達政宗の側では江戸っ子だと名乗る町人が旅先で知りあったらしき商人に大きな声で話をしている。

＊　＊　＊
＊　＊　＊

「おいらは、こう見えても日の本の武将には滅法詳《めっぽうくわ》しい」

「ほう、そんなに武将に詳しいかい」

「何々」

伊達政宗が江戸っ子の話に興味を示して隣に席を移した。

「お兄さん、武将に詳しいって？」

「ああ、詳しいね」

「この日の本で、いちばん強い武将……弓取りを知ってるかい？」

「あたぼうよ」

「じゃあ訊《き》くが日本一の弓取りってのは誰だい？」

「そりゃあおめえ、尾張の織田信長よ」

「織田信長か。なるほど。あいつは勢いがつくと手がつけられないからな。二番目は？」

「やはり尾張の豊臣秀吉」

「秀吉か。あいつは小賢《こざか》しいところがあるからなあ。三番目は？」

「三河の徳川家康」

「あいつは我慢強いからなあ。次は？」

「甲斐の武田信玄」

「次は」

「越後の虎、上杉謙信」

「次は」

「安芸の知将、毛利元就」

「ちょっと待て。おめえ、あんまり詳しくねえな。肝心なのを一人忘れてはいませんかってんだ。もう一度、胸に手を当ててようく考えてくれ」

「いくら考えたって同じだよ。この日の本で強い武将といえば尾張の織田に三河の徳川、仙台の……」

「ん？」

「いや、だから尾張の織田に三河の徳川、仙台の……」

「仙台の？」

「うわぁ客人、すまねえ。イの一番に言わなきゃならねえのを一人忘れていた」

「そうかい、そうかい。で、誰だい、そのイの一番に言わなきゃならねえ強い武将ってのは？」

「こいつは強い。信長よりも秀吉よりも家康よりも強い。仙台の伊達政宗だ」

「そうだろう、そうだろう。江戸っ子だってねえ」

「神田の生まれよ」

「寿司食いねえ」

「いいのかい？」

「ご馳走するよ。飲みねえ食いねえ」

「じゃ遠慮なく」

「伊達政宗ってのは、そんなに強いのかい？」

「強いの何のって、なにしろ、あいつは馬鹿だからね」

「は？」

＊＊＊
＊＊＊

目が覚めた。

（夢か）

ひとみは枕元の目覚まし時計を見る。朝の五時を回ったところだ。目覚まし時計のベルは六時三十分にセットしてある。

（もう一眠りしよう）

ひとみは目を瞑《つむ》った。

(それにしても変な夢。どうしてこんな夢を見たのかしら)

何か理由があるような気がしたが、ひとみはすぐに深い眠りに落ちていった。

*

仙台市のシンボルである広瀬川《ひろせがわ》は全長四十五キロに及ぶ一級河川である。水源は仙台市青葉区《あおばく》の関山峠《せきやまとうげ》。その広瀬川の川原を家族四人連れが歩いていた。三十代半ばと思しき夫婦と小学校中学年らしき女の子と低学年らしき男の子……。

秋の気配も強まってきたある朝のことである。男の子は浅瀬の川面に通路のように点在する石を伝って川上に向かおうとしている。

「和樹《かずき》、そっち行っちゃ危ないよ!」

姉らしき女の子が男の子に声をかける。川上には茂みが見えている。

「ダイジョーブ」

男の子は言うことを聞かない。

「和樹!」

母親も声をかける。

「熊の目撃情報があったのよ！」

家族は伊達政宗の墓である瑞鳳殿《ずいほうでん》のそばを通って川原にやってきたのだが瑞鳳殿の入口に〝この付近で熊の目撃情報がありました。ご注意ください〟という看板を見かけたのだ。

「あ」

男の子は大きな石を回りこんだところで足を止めた。

「どうした。熊か？」

父親が声をかける。男の子は答えない。父親が男の子を追って石伝いに川に入ってゆく。

「和樹」

父親が男の子を手を引いて連れ戻そうとして動きを止めた。川の中に仰向《あおむ》けに倒れている男性の姿が目に入ったのだ。丸顔の若い男性だ。

「これは……」

父親は言葉を失った。中肉中背で丸顔の若い男性に見える。

「どうしたの？　お父さん」

母親が川岸から呼びかける。父親は答えることができない。川の中の男性は既に死んでいることが見てとれる。

そして……。

男性の右目は潰されていたのだ。

＊

〈アルキ女《メ》デス〉の定例会が吉祥寺《きちじょうじ》の居酒屋で開かれていた。早乙女静香《さおとめしずか》、翁ひとみ、桜川東子《さくらがわはるこ》の三人が集まっている。

秋になり静香はボディコンからミニのスーツにいでたちを替えている。ひとみはニットのプルオーバーにミニスカート、東子はレトロな花柄プリントのワンピースに身を包んでいる。

「このところ定例会はジョージが多いわよね」

「何よジョージって？」

「え、ひとみ。吉祥寺の愛称を知らないんだ」

「何年前の話をしてるのよ」

「知ってることは知ってるんだ」

「昭和語は強いので。歴史学者だから。だけど周りの人に聞かれたら恥ずかしいでしょ」

「別に」

静香はカルピスサワーをゴクゴクと飲む。

「羨ましいわ、静香の他人の目を気にしない性格が」

「『ふたりの吉祥寺《ジョージ》』って知ってる？」

「和田浩治と山内利江子でしょ」

「よく知ってるわね」

「自分でも驚くわ」

ひとみが焼き椎茸《しいたけ》を口に放りこむ。

「いま思ったんだけど『ふたりの吉祥寺』のジョージって情事にもかけてるんじゃない？」

「あら。ひとみにしては面白い着眼点ね」

「〝ひとみにしては〟は余計でしょ」

「情事で思いだしたけど」

「イヤらしいわね。情事で思いだすなんて」

「大事なことよ。情事がなかったら人間は子孫を残せないのよ」

「人類の子孫の話？」

「秀吉の子孫の話」

「そうよ。秀頼《ひでより》は誰の子かって気にならない？」

「秀吉の？」

「少しは気になるわね」

「どういう事でしょうか？」

東子が話に参加する。

「秀頼が豊臣秀吉の子供だって事は知ってるわよね？」

「はい。豊臣家の二代目で母親が秀吉の側室、茶々こと淀君《よどぎみ》ですね」

「そう。ところが淀君が秀頼を生むまで秀吉に子供はいなかったのよ」

「それが不自然なことなのでしょうか？」

「不自然もいいとこよ」

静香は白子を摘《つま》む。

「長く暮らしていた正室のねねこと北政所《きたのまんどころ》には子供ができなかったのよ」

「それればかりじゃないわ」

静香の話をひとみが引き継ぐ。

「大坂城には正室のほかに側室も大勢いたの」

「何人ぐらいでしょうか？」

「十人」

静香が答える。

「その側室の誰にも子供ができていないのよ」

「それなのに淀君だけが懐妊したのですね？」

「そうよ。それも二回」

「二回？」

「最初の子は早世してるけど」

東子は考えこんだ。

「しかも側室の一人は秀吉の側室になる前には前夫との間に子供が三人いたことも判ってるの」

「それなのに秀吉との間には子供ができなかった……。たしかに不自然ですね」

「一説によると秀吉は長浜城主時代に一子を儲《もう》けたとも言われてるけど確証はないわ」

「正室とも大勢の側室とも子供を成さなかったことを考えると眉唾ね」

静香の言葉をひとみが補強する。

「秀頼が秀吉の実の子ではないという説は信憑性がありそうですね」

「そうなのよ。秀頼は秀吉の実の子じゃないってことは間違いないと思うわ。問題は、じゃあ秀頼は本当は誰の子かってこと」

「誰の子なのですか？」

「有力なのは大野治長《おおのはるなが》」

ひとみが言う。

「そのかたは？」

「淀君の乳母の息子にして後に秀頼の家臣となった人物」

「では大野治長と淀君は幼い頃から親しい間柄なのですね？」

「その通り。だから淀君と大野治長が懇ろな関係に陥っても不思議はないってこと」

「そうかしら？」

静香が疑義を挟む。

「幼い頃から秀吉に仕えた大野治長は誰よりも秀吉に対する忠誠心は強いはずよ。それに誰よりも秀吉を畏れていたはず」

「秀吉の近くにいた大野治長は秀吉の残忍さを誰よりも知っていたでしょうからね」

「そんな大野治長が命の危険を冒してまで秀吉を裏切るとは思えないわ」

「言われてみれば、そんな気もしてきたわ」

「それに大野治長に限らず秀吉に怪しまれずに淀君と一つの部屋に長時間二人きりでいるなんて難しいと思うのよ」

「そんなことを言ったら誰も淀君と情事なんてできないじゃない」

「一人怪しまれない人がいるわ」

「え、誰?」

「僧侶」

「僧侶?」

「僧侶なら武士よりも疑われないと思うわ」

「そりゃそうだけど僧侶じゃ話にならないでしょう」

「そんなことないわよ。生臭坊主だっているしイケメンの僧侶がモテることもあるわよ。過去にも女性天皇の称徳《しょうとく》天皇が僧侶の道鏡《どうきょう》を寵愛した例もあるし」

「そうした例があるにせよ現実問題として秀吉の周りにそんな僧侶がいたっけ?」

「一人いるわよ」

「真行寺《しんぎょうじ》君枝《きみえ》……じゃなくて安国寺《あんこくじ》恵瓊《えけい》か」

真行寺君枝は一九七六年に資生堂の〝ゆれる、まなざし〟のCMでデビューした女優だ。

「でも武将の周りに僧侶がいたって不思議はないわよ」

「だからこそ怪しいのよ」

静香はカルピスサワーのおかわりを注文する。

「家臣の誰かが淀君と長時間、同じ部屋に二人っきりで籠もっていたら怪しまれるけど僧侶だったらどう?」

「家臣よりは怪しまれないかもね。写経をしたり瞑想をしたりとか理由がつけられそうだし。でも、だからといって」

「問題は秀吉が僧侶を城から追放する追放令を発していることなのよ」

「寺社法度のこと?」

「ええ。秀頼を自分の後継者として正式に継がせた後にね」

「それって……」

「秀吉は秀頼が誰の子か本当は知っていたのよ」

「知ってて言わなかったってこと?」

「そうよ。言えるわけないわよね。言ったら天下人である自分が妻を寝取られた間抜けな亭主だってことを公表することになるんだもの」

「だから秀頼を正式な後継者と認めて……。その後で処罰するところはキッチリと処罰した……」

「そういうことだと思うわ」

ひとみは静香の説を頭の中で検証しながら白子に手を伸ばす。

「そういえば」

白子を食べ終えるとひとみは切りだす。

「秀吉は自分の側室を伊達政宗に送ってるんだけど、その側室は伊達政宗の側室になったら、すぐに子供を産んでるのよ」

「決定的な情報ね。よく思いだしてくれたわ」

「昨日、伊達政宗の夢を見たのよ。それで思いだしたんだわ」

ひとみは自分が見た夢の内容を話した。

「それって浪曲師、二代目広沢虎造《ひろさわとらぞう》『清水次郎長伝』ね」

「その中の石松三十石船道中。主人公の森の石松が、どういうわけか夢の中では伊達政宗に変わっていたの。どっちも片目だからかしらね」

「決めた」

「え？」

「君に決めた！」

「わたし？」

「伊達くんよ」

「誰よ伊達くんって？　直人？　臣人？」

「政宗よ」

「スピッツ？」

「あなたとは気が合いそうもないわね」

「次のウォーキング旅行のお話でしょうか？」

「その通りよ。さすが東子」

「伊達政宗か。まさか仙台に行こうってこと？」

伊達政宗は永禄十年（一五六七年）に米沢城に生まれ東北南部を中心に勢力を平定した伊達六十二万石の藩祖である。

「何が〝まさか〟なのよ」

「仙台には、わたしの友だちが住んでるのよ」

「ひとみって、そのパターンが多いわね」

「全国的に顔が広いので」

「顔ならあたしの方が広いわよ。物理的には小顔だけど」

「それは認める」

「その友だちって男？」

「そうよ」

「どんな友だちよ」

「それは……」

「あ、言いよどんだ」

「別に言いよどんだわけじゃないわよ」

「怪しい」

「伊達政宗を研究してる会の会員よ」

「けっこう土地土地に歴史的人物の研究会ってあるのねえ」

「同好の士は、どこにでもいるわよ」

「むかしミクシィにコミュニティってなかった？」

「今でもあるわよ」

「やってるんだ、匿名で」

「なんで匿名って決めつけんのよ」

「実名？」

「匿名よ」

「ほら」

「どのようなコミュニティに所属していらっしゃるのでしょうか？」

東子が珍しくひとみの日常に興味を示す。

「伊達政宗コミュよ」

「あなたまさか歴史学者の知識を利用して素人相手にマウンティングしようとしていたんじゃないでしょうね」

「そんなせこい事しないわよ。まだ学者になる前から入っていただけ」

「あなた伊達政宗に興味があったんだ」

「そうね。大河の影響かしら」

「歴代最高視聴率よね」

大河の話題で盛りあがろうとする二人だった。

「ところで男のお友達って何歳?」

「さあ……。わたしより少し上ぐらいだと思うわ」

「年齢的には釣りあうわね。一人暮らし?」

「一人暮らしよ」

「独身なの?」

「独身よ。でも、そんなんじゃないからね」

「ソワソワしだしたりして」

「そそそんな事ないわよ」

「決まりね。行き先は仙台」

「決まったの?」

「もちろんよ。丁度いいから、ひとみのお友達のところに泊まりましょう」

「図々しいわね。三人も泊まれる場所なんてないわよ。自分の寝室とリビングしかないところなんだから」

「行ったことあるんだ」

「あ、いや、その」

「元カレ？」

「違うわよ」

「一夜限りだったのか」

「なんでそうなるのよ」

「仕方ない。ひとみの一夜夫《ひとよづま》の家に三人で押しかけていったら悪いものね」

「だから！」

「ホテルにしましょうか。今年最後のウォーキング旅行だから、ちょっとリッチなところにしない？」

「最後？」

「冬は忙しいのよ」

「わたしもよ」

「そんなところで対抗意識を燃やさなくてもいいわよ」

「事実だもの」

三人はワイワイ言いながらも計画を練り始めた。

＊

海老原勇也《えびはらゆうや》刑事が運転席に坐《すわ》る警察車輌に大串《おおぐし》刑事が乗りこんだ。海老原刑事はすぐに車を発車させる。

「現場は広瀬川か」

「はい。瑞鳳殿の近くの川原です。三十分もあれば着くかと」

「死因は？」

すでに情報を得ているはずの海老原刑事に大串刑事が尋ねる。

「遺体の後頭部に傷があって大量の出血があるそうですね」

「殴られたのか？」

「遺体の近くに被害者自身のものと思われる血液が付着した直径三十センチほどの石があったそうです。おそらく崖の上から落ちて、その際に川原の石に頭をぶつけたのではないかと」

「事故死か。おおかた酒でも飲んで足を踏み外したんだろう」

簡単に情報をまとめながら二人の刑事が現場に駆けつけた。制服警官たちが二人に挨拶をする。二人は張り巡らされたロープを潜《くぐ》って遺体と対面した。遺体は既に川の中から川岸に移されている。

「被害者の身元は？」

大串刑事の質問に初動捜査の刑事が「及川一郎《おいかわいちろう》です」と答えた。

「上着のポケットから免許証が」

初動捜査の刑事が被害者の胸ポケットにしまわれていた財布を渡す。大串刑事が受けとり中を確認すると、たしかに運転免許証が入っている。免許証には丸顔の青年の顔写真が印刷されている。

「平成四年生まれ……。二十六歳ですね」

大串刑事が持つ被害者の免許証を覗き見た海老原刑事が言う。

「平成生まれの者が、もう二十六歳になるのか」

遺体に手を合わせると大串刑事が感慨深げに言う。

「僕だって平成生まれですよ」

「そうだったか。昭和天皇の御崩御が、つい最近のように思えるがな」

「名前は及川一郎ですか……。事故で間違いないですかね」

「とにかく遺体を見てみよう」

二人の刑事は遺体に向かって歩を進める。海老原刑事が遺体の前で足を止めた。

「どうした」

「大串さん、あれ」

海老原刑事が川原に仰向けに寝かされている遺体を指さす。丸顔の若い男性である。免許証の保持者で間違いないようだ。

「片目が潰れています」

大串刑事が頷いた。遺体の右目が、えぐりとられたように見える。

「転落したときに潰れたんでしょうね」

「その割には顔全体に傷がないな」

「たしかに……。どういう事でしょう？」

「わからんな。転落したときは瞬間的に手で顔を庇《かば》って傷がつかなかったのかもしれん。だが飛びでた枝に目だけやられたか」

「なるほど」

「いずれにしろ被害者が落下したと思われる崖の上を見ておこう。その後は付近の飲み屋の聞きこみでもするか」

「了解です」

二人は現場を後にした。

＊

〈アルキ女デス〉の三人は東京駅で落ちあった。

「ひとみ。連絡はしてあるの？　あなたの元カレに」

「元カレじゃないって」

ひとみは浮かない顔をしている。

「何か都合の悪いことでも？」

「八巻《やまき》さん……。彼は八巻っていうんだけど……。わたしが連絡をしたら〝ちょうどいいところに連絡をもらった〟って言うのよ」

「あら、いいじゃないの」

「浮かれる話じゃないわ。人が殺された話ですもの」

「え？」

「しかも殺されたのは、わたしの知りあい」

「嘘《うそ》……」

「本当よ」

「それがどうして〝ちょうどいいところ〟なのよ」

「わたしに死の真相を暴いてもらいたいって」

「どういうこと？」

「わたしたちは過去に、いくつもの殺人事件を解決してるでしょ。八巻さんには、そのことを話してあるのよ」

「あなた、もしかして自分が名探偵だなんてホラを吹いたんじゃないでしょうね」

「実はそうなの」

「呆《あき》れたわね」

「あながち間違いじゃないでしょ。わたしたちは、いつも三人で謎を解いてきたんだから」

「解いたのは主にあたしと東子だけど」

「三人が力を合わせて解いたのだと思います」

「ありがとう」

「東子、優しいのね」

「思っていることを言っただけです」

「でも、どうしてそんな名探偵アピールを？　もしかしてその人のこと、ひとみは本気で……」

「本気よ」

ひとみはポロッと告白した。

「しょうがないわね。協力するわ」

「静香……」

「あたしだけ幸せじゃ寝覚めが悪いもの」

一瞬、躊躇《ちゅうちょ》したがひとみは「ありがとう」と言った。新幹線に乗ってから殺人事件についての事情を話そうとしたが自由席だったために三人並んで坐ることができずに仙台に着いた。

「ひとみ。どうして自由席にしたのよ」

「東北行きはぜんぶ指定席かと思ったけど〈やまびこ〉に自由席があるのを見つけて嬉しくなって自由席を買っちゃったのよ。平日だから空いていると思ったし」

「まあいいわ。坐れただけましよ。それより、あそこに、あなたのことを見ているイケメンがいるわよ」

「あ」

ひとみが思わず声をあげる。その声に気がついたのか男性がひとみに向かって手を挙げた。背が高く笑顔が魅力的な好青年だ。

「来てくれたの？　八巻さん」

ひとみがイケメンに駆けよる。

「はい」

「ありがとう」

「翁さん。一年ぶりですね」

「よかった。今年も、また会えて」

ひとみの顔が紅潮している。

「早乙女と言います。翁さんの友だちよ」

二人に歩みよった静香が積極的に自己紹介をした。

「お噂は、かねがね伺っています」

静香と東子、八巻の三人は名刺を渡しあって自己紹介をする。

「名探偵である翁さんをサポートしているとか」

「それは」

静香が訂正しようとしたところにひとみが咳払いをして合図を送る。

「そ、そうなのよ」

気を取りなおして静香は八巻の名刺に目を遣った。

「八巻悠真《ゆうま》さん……。スマホの販売店に勤務してるんだ」

「はい。スマホに関して判らない事があったら何でも訊いてください」

「心強いわね。ひとみ、何かないの?」

「な、ないわよ、いきなり」

「あなたたち昔からの知りあいなんでしょ？　お互いに異性として意識しなかったの？」

「ちょ、ちょっと。ストレートすぎるわよ」

「あたしは直球勝負なのよ」

八巻は噴きだした。

「翁さんは美人コンテストに出るほどの飛びきりの美人ですからね。僕なんかには高嶺の花ですよ」

「あなただってイケメンよ」

八巻は苦笑した。

「今夜はパアーッといきましょう……と言いたいところだけど……。そういうわけにもいかないのよね」

「はい。翁さんもご存じの及川一郎君が亡くなって……」

「その人、殺されたの？」

「実は、まだよく判らないんです。事故死か他殺か警察も判断しかねているようです。それで名探偵である翁さんにぜひ真相を解明してもらいたいと思って……。お昼はまだですよね？」

「牛タンのおいしいお店があります。歩いてすぐですから、ご案内します」

「ありがたいわね」

ひとみたちは駅からほど近い牛タン専門店に案内された。店内にはスポーツ選手などのサインが多数、飾られている。

「遠慮しないでください。お力になっていただくのですから私の奢《おご》りです」

「悪いわね。じゃあ牛タン定食にしようかしら」

「そのワンランク上のものにしましょう。安いものだと肉が固いですから」

「じゃあワンランク上のやつ」

「静香。ちょっとは遠慮しなさいよ」

「遠慮しないでくださいって言われてるのよ。人の言うことは素直に聞けって親に言われて育ったのよ」

「いいですね」

八巻の顔がほんの少しだけ緩む。

「じゃあ、わたしもスペシャルランチを」

「ひとみが遠慮しないでどうすんのよ」

騒がしい注文タイムが終わってビールで乾杯すると四人は事件について話し始めた。

「亡くなったのは及川一郎君。年齢は二十六歳。独身。〈ダテメガネ〉の一員でした」

「ダテメガネ？」

「地元の歴史好き、伊達政宗ファンが集まって伊達政宗について話をする親睦会の名前です」

「おもしろい名前ね。気楽な会ってこと？」

「はい」

「そんな楽しい会のメンバーが亡くなるなんて……。及川一郎さんは崖から転落したって聞いたけど」

静香が聞き役になっている。

「はい。体内からアルコールが検出されているので酔って足下がふらついて落ちたのだろうと警察は考えているようです」

「あなたは、そう考えないの？」

「判りません。警察と同じで事故、事件、どちらの可能性もあると思っています。及川君は目が悪かったから足下がよく見えずに転落した可能性はあるかと」

「眼鏡はかけてたんでしょう？」

「彼はコンタクトでしたけど度が合ってないようでしたから」

「そう」

「及川さんが歩いていた道は普段から及川さんが通る道なのかしら？」

ひとみが訊く。

「家の近所ですから通っても不思議じゃないですね」

「転落するくらい飲んだのかしら？」

「検出されたアルコールの量は判りませんけど及川君はあまりお酒は強くなかったので少量でも酔うことはあると思います」

「誰と飲んでたの？」

「それが……。誰と、どこで飲んだのかはまだ警察も把握していないんです」

「交友関係は広かったの？」

「広いでしょうね。資産家の息子ですから」

「資産家？」

「父親は及川康平《こうへい》と言って一代で財を成した地元では立志伝中の人物です。清掃業の会社を立ちあげて当たったんです」

「商才があったのね」

「及川康平さんが目をつけたのは居酒屋です。居酒屋が閉店した後の清掃を一手に引き受けたんです」

「需要があったのね」

「みたいですね。ケチの固まりだなんて悪口を言う人もいますが、そうじゃないとお金なんて貯まらないんでしょうね」

「一郎さんは、お父さんの会社に勤めてたの？」

「そうなんです」

「警察は会社の人とかに聞きこみは当然、してるんでしょうね」

「でしょうね。我々にも来ましたから」

「〈ダテメガネ〉のメンバーに？」

「はい。われわれの仲間も彼が亡くなる前に誰と飲んでいたのかを知っている者はいませんでした」

「いったい及川一郎さんは誰と飲んでたのかしら？」

「一人酒かもしれないわよ」

「でも、お酒があまり強くないのよ」

「そうか」

「気になるのは右目が潰れていたことです」

「そうだったわね」

「〈ダテメガネ〉の仲間ですから因縁を感じます」

「伊達政宗は独眼竜だものね」

八巻は頷いた。

「崖から落ちたときに目が潰れたのかしら？」

「警察はそう見ているようです」

「あなたは？」

「僕は……」

八巻は言葉を濁した。

「判りません。事故死と言われれば、そのような気もするし」

「事故死ではないと思います」

東子が言った。

「どうして、そう思うんですか？」

「酔っぱらっていたと仰《おっしゃ》いましたけれどご一緒に飲んでいたかたの情報がないのですよね？」

「ええ」

「一人で飲んでいた形跡も確認されていません」

「たしかに不自然よね」

「それに右目が潰されていたことを考えあわせると単なる事故とは思えないのです」

「調べてみる価値はありそうね」

静香の言葉にひとみは硬い表情で頷いた。

＊

仙台駅近くの寺で及川一郎の葬儀がしめやかに営まれていた。喪主は父親の及川康平である。スーツの喪服に身を包んだ及川康平は六十歳になる。小柄で痩せている。顔も細いので丸顔の一郎とは似ていない。一代で財を築いた資産家で地元の経済界に影響力を持っている。

及川康平の隣で和装の喪服に身を包み憔悴《しょうすい》した顔で立つのは及川康平の妻であり及川一郎の母親である及川麻紀子《まきこ》である。麻紀子は四十八歳。康平よりも少し背が高い。細面だが目が大きく頬骨が少し出ている。

「かわいそうね。お子さんが亡くなるなんて」

葬儀の模様を外から眺めていた静香が言った。

「あってはならない事よね」

ひとみが応える。〈アルキ女デス〉の三人は葬儀に参列している八巻悠真と葬儀の後に落ちあうことになっている。

「ご両親の悲しみを思うと胸が塞がれるようです」

東子が言う。立ち話をしているうちに葬儀が終わったらしく霊柩車《れいきゅうしゃ》が寺を出てゆく。

「最近の霊柩車は派手じゃなくなったのよね」

「普通車と変わらないわね」

「町で見かけなくなったのは、そのせいかしら。昔はよく霊柩車を見かけて親指を隠してたけど」

「隠さないと親の死に目に会えなくなるって言われてね」

「親の死に目に会える人の方が少なくない？」

「言えてるわね。わたしはもう両親とも死んでるし」

「親指を隠す必要もないか」

霊柩車に続いて焼き場に向かう車が次々と後を追う。

「あの若い女性、綺麗な人ね」

「今の車の？」

「ええ。窓際の席で泣いてた人。ひとみにも引けを取らないほどの美人よ」

ひとみはなんと応えて良いのか判らなかったので黙っていた。

（自分には引けを取ると思っているのかしら？）

そうも思った。しばらく雑談をしているうちに八巻悠真が寺から出てきた。

「よかったの？　焼き場に行かなくて」

「かまいません。僕なんかが行っては図々しいですから」

「奥床しいわね」

「本当のことです。ご親族のかたと親友、カノジョが焼き場に向かったようですね」

「カノジョがいたんだ」

「さっき泣いてた人かしら？」

「そうでしょう。目を真っ赤に腫らしてましたから。岩渕《いわぶち》マサルさんと言います」

「女性なのにマサルって珍しいわね。あ、でも川口晶《かわぐちあきら》も女性なのにアキラか」

「誰ですか？　それは」

「昔の女優さん。『時間ですよ』第1シリーズのマドンナ。若い人は知らなくていいわ」

静香の年齢でも知る人は少ないだろうとひとみは思った。そもそも静香よりも八巻の方が年上だろう。

「綺麗な人だったわね」

「及川は〝僕には勿体《もったい》ないよ〟なんて言ってました」

「たしかに」

ニュースで及川一郎の顔を見知った静香がポツリと言った。

「やめなさいよ」

ひとみが小声で注意する。

「亡くなった人の事をとやかく言うのは」

「そうね」

寺から出てきた男性二人が足を止めた。

「あんたたち……」

「あら」

男性二人は大串刑事と海老原刑事だった。二人とも先日、石見銀山をめぐる殺人事件で再会したばかりだ。

「どうしてここに?」

「異動になったんだよ」

「また?」

「研修の一環だ。そっちこそ、どうしてここに?」

「捜査よ。もしかして、あなたたちも?」

「あなたたちもはやめろ。こっちは正規の捜査だ」

「ということは、やっぱり及川さんは他殺?」

「それを調べるために捜査をしている。素人は捜査のじゃまをするな」

「石見銀山でも、あたしたちのお陰で事件を解決できたでしょ」

大串刑事は自分の形勢不利を誤魔化すように咳払いをした。

「持ちつ持たれつでいきましょう」

「観光で歩き回るのは、かまわない」

いくぶんトーンダウンした。

「ありがとう。そっちも観光に有効な情報があったら教えてね」

「いいだろう。観光に有効な情報があったらな」

意味ありげな言葉を吐くと刑事二人は去っていった。

「刑事さんと知りあいだったんですか」

「腐れ縁よ」

「担当刑事さんと知りあいとは都合がいい。その辺も含めて、お話を聞かせてください」

「だったら及川家に話を通してくれない？」

「及川家に？」

「及川一郎さんのご両親に話を聞きたいのよ」

「それは……」

「迷惑なのは判るわ。でも、あたしたちだって興味本位で事件に関わろうとしているわけじゃないの。数々の実績を積むうちに〝あたしたちなら事件を解決できる〟っていう自信もついたし、それが被害者のため、ご遺族のため、ひいては社会のためになるという確信も得たのよ」

「たしかにそうですね」

「それに、これがあたしたちの運命だとも思っているの。やる義務があると」

ひとみも頷いた。

「判りました。話してみます」

「助かるわ。あたしたちは瑞鳳殿に行ってみない？」

静香がひとみに訊いた。

「瑞鳳殿に？」

「遺体の発見現場からすると一郎さんが瑞鳳殿に寄った可能性もあると思うのよ」

「そうね」

「なるほど。では途中までお送りします」

「けっこうよ」

「遠慮しないでください。歩けば小一時間かかりますよ」

「あたしたちウォーキング部なの。歩くのが趣味なのよ」

「いつもは、それが旅の目的でもあるしね」

「そうでしたか」

「後のこと、よろしく頼むわね」

「わかりました」

話がまとまると三人は瑞鳳殿に向かって歩き出した。

＊

寛永十三年（一六三六年）に七十歳で生涯を閉じた伊達政宗の遺命により造られた墓所が瑞鳳殿である。仙台駅から直線距離にして二キロ弱、広瀬川を越えてすぐの場所にある。〈アルキ女デス〉の三人は仙台駅でペットボトルや菓子類を調達すると瑞鳳殿に向かって歩きだした。

「駅の売店の店員さんたち、ベガルタよりもイーグルスのユニフォームを着た人が多かったわね」

「そうね」

「呼びこみが多いのには閉口したけど」

「信号青よ」

三人は急いで渡る。

「仙台って道幅が広いわね。お年寄りなんか横断歩道を渡るのも大変じゃないかしら」

わいわい言いながら三十分ほどで瑞鳳殿に着き本殿に向かう坂道を上る。

「結構な山なのね」

ひとみが息を切らしながら言う。参道の坂道の左右には杉木立がそびえている。

「折角だからお参りしていきましょう」

静香の提案に、ひとみは「そうね」と答えた。参道を登りきり本殿に到達する。本殿——瑞鳳殿は黒い門に金の文様が施された華美な印象を与える建物である。本殿を囲む塀は大量の赤い柱を並べて造られている。屋根には竜頭瓦が使われている。三人は賽銭箱に小銭を入れて、それぞれ手を合わせ瑞鳳殿を後にすると広瀬川へと下った。川幅は十メートル以上あるだろう。川の両岸は幅二メートルほどの歩道となっている。ひとみたちは瑞鳳殿側の川岸に降りたった。

「この辺りね。遺体発見現場は」

三人は川原と崖に交互に目を遣る。

「あの崖の上の道、夜中に一人で歩くようなところじゃないわよね」

静香はひとみの言葉に「そうね」と頷くと「誰かと近くで待ちあわせして殺害された。その後、この上まで運んで落とされたんじゃないかしら」と続けた。

「静香。犯人は、どうして遺体を運んだっていうの？」

「それは……。殺人じゃなくて事故に見せかけるためよ。捜査の基本でしょ」

「すっかり捜査員気取りね」

「大串刑事から暗黙のお墨付きをもらってるもの」

「暗黙のお墨付きって……勝手な解釈ね」

「いいでしょ。それより他殺の証拠固めをしないと」

「結論を決めてかかって捜査するのは御法度よ。これも捜査の基本」

「でした。ならば言い直すわ。真実を見つけるための捜査をしましょう」

「ＯＫ静香。でも、なんの手がかりも見つかってないのよね」

「伊達政宗公が力を貸してくれないかしら」

「伊達政宗……」

東子が呟く。

「何？　東子」

「被害者のかたの右目が気になります。どうして右目が潰されていたのでしょう？」

「落ちた拍子に潰れたんじゃないの？」

「顔には傷がなかったと聞きます」

「だったら犯人が意図的に及川一郎さんの右目を潰したって事よね」

「なぜでしょう？」

「不思議よね」

「何か意味があるはずよ」

「その意味が判れば犯人も判るような気がします」

「伊達政宗も独眼よね」

「遺体の片目が潰れていたのは、そのことを表しているって言うの？」

「判らない。でも偶然かしら？」

静香の問いにひとみは答えることができなかった。

＊

翌日——。

八巻悠真に連れられて〈アルキ女デス〉の三人は及川家を訪問した。妻の及川麻紀子が出迎え応接間に案内されると夫である及川康平が待っていた。

「すみません。大変なときに押しかけてしまって」

ひとみが詫びの言葉を述べると及川康平は「線香をあげてやってください」と促した。三人は神妙な面持ちで頷くと、それぞれ仏壇に手を合わせた。

「息子の件……。私どもは事故だと思っておりません」

夫婦二人と〈アルキ女デス〉の三人、そして八巻が向かい合って坐ると及川康平が切りだした。

「ということは殺されたと？」

「はい。だからこそ、あなたがたにお越しいただいたのです」

「翁さんが数々の殺人事件を解決してきたことは八巻さんから聞いています」

麻紀子が言った。静香が小さく咳払いをする。

「どうして事故ではなくて殺人だと？」

ひとみが名探偵のように訊く。

「あの子が足下が覚束《おぼつか》なくなるほど酔うなんて信じられないからです」

引き続き麻紀子が答える。

「お酒には強かったんですか？」

「むしろ弱い方でした」

「え？」

「若い頃にそれに気づいて、それ以降は、あまり飲まないようにしていたようです」

「そうでしたか」

「それなのに足を滑らせるほど酔うなんて……。不自然です。しかも、あんな場所で」

「普段は行かないところなのでしょうか？」

「行かないでしょうね」

康平が答える。

「一郎の行動を逐一、把握しているわけではありませんが一緒に暮らしていますし、ある程度のことは判ります。第一、一郎に限らずあの辺りは夜は人通りのない場所です」

「そうですか」

「だったら、こちらも殺人として話を進めても良さそうね」

静香が口を挟む。

「もちろん決めてかかるわけにはいかないけど他殺も充分に視野に入れてということで」

「お願いします」

康平が頭を下げる。

「早速なんですけど一郎さんに揉め事のようなものはありましたか？」

ひとみが質問を始める。

「さあ……」

首を捻《ひね》りながら康平が麻紀子を見る。

「心当たりがありません」

麻紀子が答える。

「一緒に暮らしてるんだから大きな不審点があれば気がつきそうなものね」

「恨みつらみとは関係のない通り魔のような犯人なのでしょうか？」

「何とも言えないけど」

「誰だ、あんたたち」

とつぜんリビングに丸顔の中年の男性が入ってきた。康平よりも遥かに大柄な印象だ。

「康次郎《こうじろう》」

康平が呼びかける。

「康次郎。どうしてそんな乱暴な口を利くんだ」

「兄貴。一郎が死んだばかりだぞ。そんな時に、さして親しくもない人間を家にあげるなんて」

「弟の康次郎です」

康平が康次郎の憤りを遮るように紹介すると静香がサッと立ちあがった。ひとみと東子も続いて立ちあがる。

「歴史学者の早乙女と申します」

「歴史学者？」

「わたしも歴史学者の翁です」

「早乙女先生の助手をしております桜川と申します」

「どうして歴史学者が……」

弟と紹介された男性……康次郎は明らかに戸惑っているように見える。

「八巻君の知りあいなんだよ」

「そうだったのか。しかし、だからといって」

「この先生たちは過去に、いくつも殺人事件を解決してるんだよ」

「え？」

「本当のことよ。ひとみ、説明してあげて」

「なんでわたしが」

文句を言いながらも康次郎に事情を説明する人のいいひとみである。だが、ひとみの説明を聞いたあと康次郎は「折角ですがお引き取りください」と応えた。

「康次郎」

「過去にいくら偶然いくつかの殺人事件の真相を言い当てたとはいえ所詮は素人だ。捜査に首を突っこむことは許されないだろう」

「失礼だぞ、康次郎」

「失礼なのは他人の家の事情にドカドカと土足で踏みこんできたこの人たちだろう。そして、それを許した兄貴だ」

「なんだと」

「これは及川家の問題だ。他人に踏みこんでもらいたくない領域だ」

「俺に恨みでもあるのか」

康平が康次郎を睨みつけた。

「わかったわ」

静香が立ちあがる。

「帰りましょう」

「静香……」

「数々の非礼、お詫びします」

静香が深々と頭を下げた。その姿を見て一瞬、戸惑いを見せたひとみだったが、やはり静香に倣って頭を下げる。続いて東子もゆっくりと頭を下げた。

「僕も帰ります」

八巻も立ちあがった。

「及川さん。一郎君のこと、本当に残念です。お悔やみ申しあげます。僕たちも一刻も早く犯人が捕まることを願っています」

そう言うと八巻は深々と頭を下げた。

*

真夜中――。

若い女性が仙台城跡近くの林の中を一人で歩いている。身長は百六十センチほどだろうか。ストレートの黒髪は肩先まで伸ばしている。和服を着れば、そのまま美人画になりそうな顔立ちだが今はセーターに長めのスカートを穿《は》いている。

歩く道筋に迷いはないようだ。女性の歩く先には小川が流れ短い橋が架かっている。地元の者は面影橋《おもかげ》と呼んでいる。面影橋を渡ったところに一軒の小屋が建っている。

女性は小屋に着くと扉を開けた。人が宙に浮いている姿が目に飛びこんでくる。中年の小柄な男性のようだ。その男性が天井の梁《はり》にかけられたロープで吊りさげられている。ロープは男性の首を締めて、しっかりと結ばれていた。

*

大串刑事と海老原刑事は死体発見現場に到着した。

「遺体の身元は？」

大串刑事が下に下ろされた遺体を見ながら初動捜査の刑事に訊く。

「及川康平です」

「なんだと」

思わず顔をあげる。

「免許証を所持していましたので」

初動捜査の刑事が大串刑事に免許証を提示する。先に殺害された及川一郎の父親である。

「いったい、どうなってるんだ」

大串刑事が初動捜査の刑事に尋ねる。

「ご遺体は天井の梁からロープで首を吊っていました」

「自殺かな」

海老原刑事が言う。

「ですね。スマホには遺書が」

初動捜査の刑事がスマホを提示すると大串刑事は、ひったくるように受けとる。

「どこだ？　遺書は」

「ここです」

初動捜査の刑事が操作をする。

――息子のところに行きます

スマホのメモ欄にそう記されていた。

「馬鹿なことを」

「ですね。残された奥さんが、かわいそうですよ」

「息子の死の真相も、まだ判っていないというのに」

大串刑事はスマホを返すと溜息をついた。

*

及川康平の通夜が、しめやかに営まれていた。

親族席で列席者に挨拶をする及川麻紀子と康次郎の前に一人の若い男性が現れた。

麻紀子と康次郎は無言で頭を下げる。

「親父も遂にくたばったか」

若い男性が柩《ひつぎ》を見て言い放った。

「え？」

驚いたように麻紀子が顔をあげる。男性は背が高い。細いがゴツゴツとした顔をして攻撃的な目つきをしていた。

「誰ですか？　あなたは」

麻紀子が非難するような口調で尋ねる。

「伊達友哉」

「ダテトモヤ？」

「息子だよ。及川康平の息子」

「こんなときに質《たち》の悪い冗談はやめてください。息子は亡くなったばかりです」

「俺も息子の一人なんだよ」

麻紀子と康次郎に顔を向ける。康次郎は息子と名乗る男をジッと見ている。

「どういう事ですか」

若い男は応えずに「また会おう」と言って踵《きびす》を返した。

「誰ですか、あれは」

四十代半ばと思しき男性がやってくる。

「二階堂《にかいどう》先生……」

及川康平の顧問弁護士、二階堂学《まなぶ》である。二階堂学は四十六歳。身長は百七十五センチほどだろうか。スポーツマンらしき体格をしている端整な顔立ちの男性だ。

「兄貴の息子だ」

康次郎の言葉に麻紀子は怪訝そうな顔で訊きかえす。

「息子って……」

「兄貴には隠し子がいたんだよ」

「ええ?」

「兄貴から、そう聞いている」

麻紀子は目を見開いた。

*

〈アルキ女デス〉の三人は仙台駅構内のすし通りでランチを食べていた。仙台駅の三階のレストラン街は三陸沖で捕れる魚介類を使った寿司が味わえる〝すし通り〟のほかに〝牛たん通り〟〝ずんだ小径〟など仙台の名物を提供する店を集めた通りが並んでいる。

「この量で千円って信じられない安さよ。寿司十貫にサラダ、茶碗蒸し、魚のお椀までついてるのよ」

「寿司の一貫って一個のこと？　それとも二個のこと？」

「一個が一貫よ」

「そうなんだ。二つで一貫かと思ってた。一皿の上に二個乗ってるから」

「最初は二個で一貫だったのよ」

「え？」

「そもそも貫って重さの単位でしょ」

「そうよね」

「これは研究家の星田直彦《ほしだただひこ》って人の受け売りだけど最初は四十グラムぐらいの大きさの一個を一貫って呼んでたんだけど大きいから二個に分けた。二個に分けても重さは同じだから一個でも二個でも一貫なのよ」

「なるほどね」

「諸説あるみたいだけど、この説が信憑性あると思うの」

「たしかに」

「今は一貫＝一個が定着しつつあるみたいよ」

「とにかく、このランチは十貫……十個だから量が多い。しかもおいしいし。さすが三陸海岸」

　カウンターに陣取りながらランチを褒めていると、ひとみのスマホが鳴った。

――はい。あら八巻さん？

いったん通路に出る。

――実は翁さん。大変なことが起きてしまいまして。

――何が起きたの？

――及川一郎君の父親、康平さんが自殺したんです。

ひとみの顔色が変わった。信じられない思いで八巻の報告を聞き終えると通話を切り店内に戻る。

「どうしたの？　ひとみ。遅かったわね。何か悪い知らせ？」

店内に戻ると、ひとみのただならぬ雰囲気を感じとった静香が声をかける。

「及川康平さんが自殺したんだって」

「ええ？」

静香の顔色も変わる。

「嘘でしょ」

「本当よ」

「どうして……」

「息子さんを亡くしたショックでしょ」

「でも奥さんがいるのよ。自殺したら、ますます奥さんがかわいそうじゃない」

「それはそうだけど……。平常心を失っていたのよ、きっと」

静香は事の重大さに打ちのめされたのか返事をしない。

「それと……。一つ気になる情報があるの」

「何？」

「及川康平さんの息子だと名乗る男が現れたそうよ」

「え？　何それ」

ひとみは八巻から聞いた伊達友哉と名乗る男の話を伝えた。

「康平さんに隠し子……」

「本当なのかしら」

「判らないわね」

「これからどうする？」

「康平さんは、どこで自殺したの？」

「仙台城近くの小屋の中よ」

「仙台城近く……。どういう事かしら」

「わからないわ。でも気になるわよ。息子だと名乗る人物が現れたり」

「現場に行ってみない？」

「今から？」

「ええ。さすがに今すぐは及川家には行けないでしょうし、とりあえず八巻さんに聞きたいことは、すべてひとみが聞いたでしょ」

「たしかにその通りね」

「だったら推歩しましょう」

「推歩？」

「ウォーキング・ディテクティブ。推理しながら歩くこと。いえ実際には歩きながら推理することかしら」

「どう違うのよ」

「歩いていると脳が活性化されて推理力も上がるような気がするのよ」

「温泉に入っているときも推理力が上がるって言ってなかったっけ？」

「どっちにしろ上がるのよ。上がる局面は多いほどいいでしょ」

「それはそうだけどホントに上がるの？」

「それを確かめるためにも歩きましょうよ。あたしたちウォーキング部なんだから。

それに仙台城の天守台跡から仙台市街を眺めれば真相に近づく考えが浮かぶかもしれないわよ」

「わかったわ」

　簡単に話がまとまると三人は仙台城跡に向かって歩きだした。仙台城は慶長年間に伊達政宗が築城して以来、約二百七十年に亘って伊達家の居城であった。敷地面積は約二万坪という巨城であるが第二次大戦の仙台空襲などもあり、ほぼ石垣だけが残っている状態だ。仙台駅からは約二キロほどの位置にある。

「ねえ。あの小屋じゃない？」

　仙台城の麓あたりの林の中に小屋が見える。

「そうね。警官が屯《たむろ》してるものね」

「中には入れないわよ」

「位置と周りの様子だけ目に焼き付けて青葉城に向かいましょ」

「ＯＫ」

　黄色いロープが張られた小屋を横目で見ながら通り過ぎる。

「静香。そろそろ青葉城に着くわよ」

「青葉城と仙台城って、どう違うのかしら？　この差って何ですか？」

「正式名称は仙台城だけど青葉山にあるから青葉城っていう雅称を持っているのよ」

「別名ね。〈ダテメガネ〉を誑《たぶら》かしただけあってさすが詳しいわね」

「人聞きの悪い褒めかたはやめてよ。詳しいついでにもう一つ言うと地元の人は青葉城って呼ぶ人が多かったけど史跡〈仙台城跡〉って登録されてからは仙台城に統一された感はあるわね」

「ちょっと寂しいわね。そういう意味でも『青葉城恋唄』は貴重ね」

いつものように話しながら歩いているうちに五色沼《ごしきぬま》が見えた。

「日本のフィギュアスケート発祥の地だって」

「言ったもん勝ちね」

「静香は、どうして素直に感心できないの？　仙台にフィギュアスケート発祥の地があるなんて羽生《はにゅう》君ってやっぱり縁があったのねとか」

「偶然でしょ」

五色沼を通り過ぎると仙台市博物館が現れる。

「着いたのかしら？」

仙台城への矢印が記された標識を見て静香が言う。

「まだよ。天守台跡はけっこうな山の上にあるのよ」

「じゃあ博物館に入る？」

「とりあえず天守台跡に行きましょう」

「わかった」

魯迅《ろじん》の碑を通り抜けた辺りからひとみが言った通り山道である。息を切らして山道を歩くこと十五分ほど、視界が開けた。

「ひとみ。伊達政宗の騎馬像が見えたわよ。かっこいいわね。上空には鷹かしら？」

「鳶《とび》より大きそうだから鷹よ、きっと」

山の頂上らしく仙台市街を一望できる。

「真っ白な大仏が見えるわよ」

「仙台大仏ね」

ひとみが遠くを見て目を細めた。

「何か思うところがあるの？」

「あるわ」

ひとみが即答した。

「何？」

「必ず事件を解決するってこと」

ひとみの言葉に静香と東子が頷いた。

「何か考えは浮かんだの？」

「漠然とした考えだけど……。及川康平さんは自殺じゃないような気がするの」

「実は、あたしもそう思っていたの」

「静香も？」

「ええ。東子は？」

「わたくしも自殺ではないような気がします」

「どうしてそう思うの？」

「お会いしたときの印象です」

「そうよね。とても自殺するような感じには思えなかった」

「静香。数々の事件を解決してきたわたしたちの勘は侮れないわよ」

「わかってる。まずは聞きこみよ」

「本格捜査の始まりね」

三人は決意を胸に天守台を下り始めた。

＊

広瀬川署に設置された及川一郎殺害捜査本部に新たな情報が加わった。及川康平の自殺である。

「このことをどう思う？」

捜査本部長の西条繁臣《さいじょうしげおみ》が捜査員たちに尋ねる。西条繁臣は五十二歳。体格がよく声も大きい。

「息子である及川一郎の死を儚《はかな》んで絶望し自殺した……。そのような事になるかと」

広瀬川署署長の宍戸《しし ど》三朗《さぶろう》が答える。宍戸三朗は五十三歳。小柄で黒縁眼鏡をかけている。

「残念な事態だが、そう考えるのが自然だろう」

西条本部長の言葉に捜査員たちが頷く。

「及川康平氏の死亡状況を確認しておこう」

西条本部長の言葉に促されて宍戸署長が立ちあがりホワイトボードの横に立つ。

「亡くなったのは及川康平。先に殺害された及川一郎の父親です。死亡推定時刻は十一月十二日の夜九時前後。また、被害者は睡眠薬を服用していたと検死の結果が出ています」

「亡くなっていた現場は？」

捜査員の一人が坐ったまま質問する。

「仙台城址近くの小屋の中だ」

「第一発見者は？」

「岩渕マサルという女性だ」

「岩渕マサル……。一郎のカノジョじゃないですか」

　室内が再びざわめく。

「いつ発見したんですか？」

「夜の十一時だ」

「夜の十一時……。そんな時間に若い女性が一人で林の中に入っていったっていうんですか」

「岩渕マサルはそう言っている」

「いったいどうして」

「及川康平に呼びだされたそうだ」

「呼びだされた……」

「妙ですね。いくらカレシの父親でも夜中に林の中に入ってゆくなんて」

「もしかしたら……」

　大串刑事が考えこむ。

「二人は男女の仲だったとか」

「ええ？　二人って及川康平と岩渕マサルが？」

「ああ。そう考えれば男女が夜遅くに小屋で密会した理由になる」

「ちょっと待ってください。岩渕マサルは一郎のカノジョですよ」

「可能性の問題を言ってるんだ」

ドアが開いて海老原刑事が飛びこんできた。

「ノックぐらいしろ」

「すいません。情報を入手しまして」

「何だ？」

「及川康平が死んでいた小屋の所有者が判りまして」

「誰だ？」

「弟の及川康次郎です」

「康次郎の……」

「だが、それはおかしな事でもないだろう。普段から馴染みのあった場所というだけじゃないか？」

「ところが今まで康平はその小屋を使ったことがなかったんです」

西条本部長は海老原刑事に「席に着け」と促して海老原刑事は大串刑事の隣に坐った。

「今まで使ったことがなかった小屋で自殺か」

「雲行きが怪しくなってきましたな」

大串刑事が呟くように言う。

「岩渕マサルが夜遅くに小屋に向かったことも不可解だ。いったい及川康平は岩渕マサルをそんな場所に呼びだして、どんな話をしようとしてたのか」

「話をしようとしていたのに、その前に自殺するのも腑に落ちませんね」

海老原刑事が言う。

「及川康平の息子を名乗る男の出現も気になります」

「男の身元は？」

「現在、確認中です」

西条本部長は頷く。

「本筋である及川康平の事件にも息子を名乗る男の出現など新たな要素が加わった。それに加えて及川康平の自殺にも不審な点が垣間見える。捜査は振りだしに戻った感さえある」

「こうなると一郎の右目が潰れていたことも気になります」

「もともと右目に傷があったとか？」

「傷はありません。過去にも顔に手術などは、したことがないことも判っています」

西条本部長が頷く。

「みな原点に返って一から聞きこみをやり直すんだ」

西条本部長に促されて捜査員たちはそれぞれの任務に散っていった。

＊

〈アルキ女デス〉の三人は八巻悠真と共に岩渕マサルに会っていた。岩渕マサルは二十五歳。身長は百六十センチを少し超えているだろうか。細面の日本的な美人だが目は丸く大きい。ストレートの髪は肩先まで伸ばしている。

「ごめんなさいね。大変なときに面会を申しこんで」

「め、迷惑です」

岩渕マサルは静香の顔を見ずに下を向いたまま言った。

「悪いとは思ってるけど大事なことなの。岩渕さんだって一郎さんを殺害した犯人を捕まえたいでしょ？」

岩渕マサルは顔をあげて静香をまっすぐに見た。その目には涙が溜まっている。その零《こぼ》れおちそうな瞳に見つめられて静香も一瞬、たじろぐ。

「犯人は捕まえたいけど、それは警察の仕事です。実際、わたしは警察に事情聴取をされています」

「あたしたちも聞きたいのよ」

「岩渕さん。電話でも話したように、この人たちは多くの事件を解決してきた実績があるんだ」

八巻の言葉に、ようやく岩渕マサルも覚悟を決めたように頷いた。

「あなたがそう言うなら……」

ひとみは微《かす》かな違和感を覚えた気がした。だがその違和感の正体が判らないので口には出さなかった。

「あなたは、どうして夜遅くに林の中の小屋になんか行ったの?」

静香が尋ねる。

「呼びだされたんです」

「それは聞いてるわ。及川康平さんにでしょ?」

「ええ」

「でも時間が時間よ」

「遺産のことかなって思って……」

「遺産って及川一郎さんの?」

「はい。かなりの額があるんです」

「あなたは、もらえる立場なの?」

「正式には、もらえない立場です」

「だったらどうして」

「わたしたち婚約していたんです。だから」

「あわよくば、もらえるかもしれないって思ったのね」

「わたしたちのことは一郎さんのご両親も知ってますから、ご両親から〝遺産の一部を分けてあげよう〟って話があるのかなと」

「図々しいわね」

岩渕マサルが上目遣いに静香を睨む。

「それで夜遅くに出向いていったんだ」

「昼間の喫茶店とか人目につくところでは話しにくいし及川家にも、わたしの家にも家族がいるし。昼間はお互いに用事があって、あの時間しか空いてなくて」

「ところが小屋に行ったら康平さんは首を吊って死んでいた。何故かしら？」

「判らないわ。見当もつかない。でも」

「でも？」

「みんな伊達政宗に取り憑《つ》かれているんです」

「え？」

岩渕マサルは立ちあがった。ひとみは驚いて岩渕マサルを見上げる。

「用事がありますので失礼します」

「ちょっと」

岩渕マサルは財布から千円札を出すとテーブルに置いて店を出て行ってしまった。

「追いかけなくて良いの？」

ひとみが静香に訊く。

「用事があるって言われたら、どうしようもないでしょ」

「だね」

「最後の言葉が気になります」

東子が言った。

「〝みんな伊達政宗に取り憑かれているんです〟ね」

「はい」

「どういう意味かしら？」

静香は八巻を見る。

「判りません」

「岩渕マサルさんは〈ダテメガネ〉の会員よね？」

「はい」

「会で、それらしい事は言ってなかった？」

「記憶にありませんね」

「でも何か意味があるはずよね」

「岩渕さんは、ちょっとエキセントリックなところがありますから意味もなく頭に浮かんだことを口走ったのかもしれません」

「エキセントリックって何だっけ？」

ひとみが東子に小声で訊く。

「ひどく風変わりな様です」

「サンクス」

「思いこみが激しいというか」

「そんなマサルさんに及川一郎さんは惚れてたのよね」

「顔かしら。マサルさん美人だから」

「やめなさいよ静香。勝手にあれこれ」

「惚れた理由はともかく……」

静香が真顔になる。

「岩渕さん、何か隠してる気がするわ」

静香の言葉を八巻は無表情で聞いていた。

＊

及川康平の顧問弁護士、二階堂学を交えて行われていた及川康次郎と及川麻紀子の話しあいは不穏な雰囲気に包まれていた。

「どういう事なんですか。主人に隠し子がいたって」

「言った通りだよ」

及川康次郎は言いにくそうに言った。

「信じられない」

「本当のことなんだ」

「母親は誰？」

「伊達あやか」

「あの人が？」

麻紀子の顔が蒼白になる。

「嘘でしょ……」

「本当だ」

「知ってる人ですか？」

二階堂が麻紀子に顔を向ける。

「よく知っています」

麻紀子の顔が歪《ゆが》む。

「若い頃に同じ職場で働いていました」

「そうだったんですか」

「お酒を出す店です」

二階堂学は頷く。

「キャバクラですよ」

「康次郎さん」

麻紀子が康次郎を睨む。

「隠してもしょうがないだろう。事態が事態だ」

「キャバクラ……。麻紀子さんも、そこでホステスを？」

「はい」

麻紀子も覚悟を決めたのか素直に認めた。

「お金が欲しかったの？」

「家が貧しかったから……。主人とは、そこで知りあいました。小学校の同窓生だったことが判ったんです」

「え、そうなの？」

「はい。それで意気投合して……。仙台市の外れにある〈クレセント〉というお店です。わたしが二十九歳、伊達あやかさんが二十六歳の時でした」

「伊達あやかさんは今どこに？」

「亡くなりましたよ」

「亡くなった？」

麻紀子が驚いた顔で康次郎に訊く。

「ああ。出産の時に不幸にも亡くなったんだ」

「そうだったんだ……。わたしも、ちょうど主人と知りあって一郎を生んだばかりだったから……。同僚の情報を知らなくて」

「伊達あやかさんとは、あまり親しくなかったんですか？」

「主人と結婚する前に店は辞めてましたから、それ以降は、つきあいはありませんでした。元々、店ではライバル関係でしたからお互いにいい感情は持っていなかったと思います」

二階堂は頷く。

「康平さんは同じ時期に正妻と愛人の二人に子供を産ませていたんですね」

二階堂の言葉に麻紀子の顔は蒼白になっている。

「すみません。言い方が悪くて。無神経でした」

「いいんです。本当のことですから。でも、まさかあの女と主人の間に子供がいたなんて」

「そのことは知らなかったんですね？」

「知りませんでした。いえ今でも信じません。嘘に決まってる」

「義姉《ねえ》さん。本当のことなんだよ。兄貴から、じかに聞いたんだから間違いない。黙ってて悪かったけど……」

麻紀子は二階堂に顔を向けた。

「もし康次郎さんの言うことが本当だとして遺産は、どうなりますか？」

康次郎も二階堂に顔を向けた。

「私からも訊きたい。伊達友哉が兄の実の子なら兄の遺産は友哉にも、いくらかは、いくんでしょうか？」

康次郎が麻紀子の言葉を継いで二階堂に質問する。

「いくらかと言いますか、もし康平さんが友哉氏を実子として認知していれば半分は友哉さんが受けとることになるでしょう」

「何だって」

「麻紀子さんが半分。友哉君が半分です」

「そんな……」

「それが法律ですから」

「ちょっと待ってください。とつぜん現れて遺産を半分、持ってゆくなんて」

麻紀子が縋《すが》るような目をして言った。

「納得いかん」

「康次郎さん。あなたは友哉さんの存在を康平さんから聞かされていたんですよね？」

「ああ」

「つまり、とつぜん現れたわけではない」

「それは、そうだが……」

「つきあいはあったの？　伊達友哉と」

「ほとんどなかったよ」

「本当に主人の子だっていう証拠はないわよね？」

「当時」

康次郎の声が低くなる。

「兄貴と伊達あやかさんは、つきあってたんだ」

「それは知ってるわ。主人の元カノだもの」

「だけど別れた……。その時すでに、あやかさんは妊娠していたんだ。兄も伊達さんも、それを隠して義姉さんと結婚したんだそうだ」

「なんですって」

「すまない」

康次郎は頭を下げた。

「そんな事って……」

麻紀子が誰にともなく呟く。

「先生」

康次郎は二階堂に顔を向ける。

「私は、どうなりますか？」

「と仰いますと？」

「遺産です」

「遺産？」

「兄は莫大な資産を持っていました。兄が死んで、その遺産は弟の私にも相続されるんですよね？」

「残念ながら亡くなったかたに配偶者やお子さんがいる場合には、ご兄弟に相続権は発生しません」

「遺産は、もらえないという事ですか？」

「そうなります」

康次郎は低い唸り声をあげた。

「及川康平さんの遺産は奥様である麻紀子さんと先ほど現れたご子息である友哉さん

が二等分することになります」

「どこの馬の骨とも判らない人が遺産の半分を持ってゆくなんて」

「それが法律です」

「あの友哉って人は夫が亡くなった事をどこで知ったのかしら?」

「康平さんが亡くなったことは地元の新聞に出ていましたよ」

二階堂の言葉に康次郎が頷く。

「今さらジタバタ言ってもしょうがない。法律は法律だ。あいつに遺産の半分を渡そうじゃないか」

「ちょっと待ってください」

麻紀子が康次郎の言葉を遮る。

「主人は本当に友哉って人を認知したんですか?」

「調べてみましょう」

麻紀子は何かを決意したような目で二階堂を見つめていた。

*

芳賀茂男《はがしげお》は眉間に皺を寄せて静香を睨んでいる。〈ダテメガネ〉の会長である芳賀茂男は七十一歳になる。

「あんたたちに話すことは何もない」

芳賀は腕を組んで目を瞑った。

「会長」

八巻が戸惑った様子で声をかける。

「掻き回さんでくれ」

「掻き回す?」

「及川一郎君が亡くなって岩渕さんも精神的に極めて不安定な状態だ。〈ダテメガネ〉は滅茶苦茶《めちゃくちゃ》なんだよ。そこへ持ってきて、あんたらが掻き回したら落ちつくものも落ちつかなくなる」

「あたしたちは、いくつもの殺人事件の謎を解いてきたのよ」

「あんたたちの本分は歴史だろう」

「もちろんそうよ。専門家よ。歴史の謎を解き明かしてきたノウハウがあるの」

「だが」

芳賀が目を開ける。その視線は険しい。

「専門家は常識を逸脱することはできん」

「静香は、いつだって常識を逸脱してるわよ」

「静香？」

「あ、この早乙女さん。下の名前が静香」

ひとみが説明すると芳賀は更に仏頂面になった。

「あんたたち専門家は在野の研究者を馬鹿にする」

「そんな事はないわ」

「一段下に見ているじゃろう」

「それは……」

「静香は在野の研究者に限らず誰だって一段下に見ているのよ」

「フォローになってない」

「儂《わし》の研究だって」

「どんな研究？」

「言っても無駄だ」

「教えてちょうだい。あたしは柔軟性はあるのよ。あたしが大事にするのは自説じゃなくて真実」

「自説じゃなくて？」

「そう。学者って、けっこう自説に拘《こだわ》る人もいるのよ。自分の説に固執してその説を否定されるとムキになって反論する人」

「あんたは違うというのか？」

「違うわ。そりゃあ相手の説に納得がいかなかったら反論するけど相手の説が納得ゆくものだったら、あたしは躊躇なく自説を引っこめるわ。それがたとえ在野の研究者の説でもね」

芳賀がジッと静香を見つめる。その目から険が取れたように感じられる。

「聞かせてくれるかしら？　会長さんの説を」

「よかろう」

芳賀は居住まいを正した。

「伊達政宗は天然痘で右目を失った事になっておるが儂は母親に毒を盛られたのだと思っておる」

「母親に？」

「驚いたか？」

「お、驚かないわよ」

静香のたじろいだ様子を見て芳賀はほくそ笑んだ。

「実の母親が我が子に毒を盛るわけがないでしょう」

静香の代わりにひとみが反論した。

「ところが」

芳賀はまだ余裕の笑みを浮かべている。

「政宗の母親が政宗を疎んじ続けたことは知っておろう」

「ひとみと違って伊達政宗に詳しいわけでも専門でもないけど、それぐらいは、もちろん知ってるわよ」

政宗の母親――義姫《よしひめ》は夫である伊達輝宗《てるむね》が敵方、二本松義継《にほんまつよしつぐ》に殺されたとき、裏で政宗が糸を引いていたのではないかと疑い、それ以来、政宗に不信感を抱くようになったと言われている。

「ただ……。毒を盛ったのなら殺すつもりよね」

「そうなるな」

「だったら、その後にも殺す機会は、いくらでもあったはずよ。なのに殺してない」

「政宗が警戒して、やりにくくなったのだろう」

「でも……」

静香はひとみを見た。

「政宗の母親は政宗を助けたことがなかった?」

「大崎合戦ね」

「あれか」

政宗が義姫の兄である義光《よしあき》に包囲されて危機に陥ったとき義姫は戦場に乗りこんで

義光に停戦を促した。義光は最初は渋っていたが結局は妹である義姫の申し出を受け入れた。

「義姫が息子の政宗を救ったのよね」

芳賀は反論できずにいる。

「殺すほど憎んでいたわけじゃなかったんじゃないかしら」

「それは」

「芳賀さんの説は、おもしろい見方だと思うわよ。それが正しいのかもしれない」

「正しい？」

「あたしの説と芳賀さんの説、どっちが正しいかなんて証明できないもの。ここは引き分けとしましょうか」

「高名な歴史学者の先生と引き分けか。悪くないな」

芳賀は笑みを浮かべた。

「よろしい。歴史談義は終わりだ。事件の話に移ろうか。何でも訊いてくれ」

「ちょっと静香。これが目的で芳賀さんに花を持たせたの？」

ひとみが静香に小声で訊く。

「違うわよ。敬老精神」

静香は芳賀に向き直った。

「じゃあ、ご存じのことをすべて教えていただけるかしら」

「よかろう。私が知っている及川一郎くんのこと、生い立ちから家族の問題まで知っている範囲でなら、すべて話そう」

「助かるわ」

「僕も話しますよ。警察での事情聴取を通じて僕なりに得た情報や考えたことなど」

「ありがとう八巻さん。こっちも責任重大になってきたわね」

「それだけの実績があるんだろう？」

芳賀の言葉に静香は厳《おごそ》かに頷いた。

*

〈アルキ女デス〉の三人は八巻の紹介で及川麻紀子に話を聞いていた。

「ご主人と息子さんのことを知りたいのよ」

麻紀子は静香を睨んだ。

「つらいわよね。ごめんなさい」

静香は頭を下げる。

「でも、あたしだって、なんとかして犯人を見つけたいの」

「どうしてあなたが？」

「学者だからかしら？」

「え？」

「真実を知りたくなるのが性《さが》なのよ」

「他人の真実でしょ。面白半分に首を突っこんでもらいたくないわ」

「たしかに興味本位かもしれないわね。でも、これがあたしの運命だと思ってるの」

「言ったでしょう」

麻紀子と〈アルキ女デス〉の仲を取りもった八巻が口を挟む。

「このかたたちは何件も殺人事件を解決してるんですよ」

麻紀子は溜息を漏らした。

「及川と知りあったのは〈クレセント〉という店です」

ようやく話す気になったようだ。

「及川は元々、山形県米沢《よねざわ》市の出身です。そこで中学生の時に家が火事に遭って全焼して仙台に引っ越してきたんです」

「全焼……。ご家族は無事だったの？」

「家族は全員、大火傷《やけど》を負ったそうですが一命は取り留めたんです」

「じゃあ康平さんも大火傷を？」

「はい」

「ご苦労なさったのねえ」

「康平はポジティブに捉えていました。火事を機に、そして引っ越したのを機に新しい人生を始めようと……。康平は不登校だったんです」

「え、そうだったの？」

「そうは見えなかったわね」

ひとみが口を挟む。

「何が原因で不登校になったのでしょう？」

「東子。不登校の原因は〝これです〟って一言で言えるようなもんじゃないのよ」

「そうなのですね。失礼いたしました」

静香の言うことなら何でも鵜呑《うの》みにする東子である。

「学校での虐《いじ》めがストレートに原因になる場合もあるでしょうけど、むしろ虐め以外の場合の方が多いと思うわ」

「たとえば？」

「親の無言の期待」

心当たりでもあるのか、ひとみは黙った。

「あるいは無理解。進学やテストに関する圧力。ひいては多様性を認めない日本の社会全体……。いろんなものが、ない交ぜになって学校に足が向かなくなるんだわ」

「親も子供も辛いでしょうね」

「行きたくなかったら行かなきゃいいのよ」

「え？」

「その子は何かに苦しんでいるから学校に行けなくなるのよ。その苦しみを理解しないで、ただただ〝どうして学校に行かないんだ〟〝学校に行け〟の一点張りじゃ問題は解決しないわよ。第一、集団行動できることだけが正しいなんて誰にも決められないのよ」

「言えてる……。でも子供が不登校になったら親だってビックリするでしょう。不登校に関する知識だってないでしょうから」

「それは言えるわね。理解が深まってきたのは最近のことだもんね。昔は学校に行かない選択肢なんて考えられない人がほとんどだったんじゃないかしら。実際には昔から学校に行けない、行かない子はいたのに」

「昔は登校拒否って言ってなかった？」

「最初はそう言ってたわよね。その言葉も案外、正しかったのかも」

「康平さんは虐めを受けていたそうです」

静香が今まで力説していた〝虐め以外の原因〟が無駄になったわねとひとみは思っ

たが黙っていた。

「あ、そうなんだ」

静香は自分が力説していた〝虐め以外の原因〟のことは忘れて相槌《あいづち》を打った。

「でも引っ越したら一念発起して不登校だった生活から変わろうと努めたそうです。〝生まれ変わりたい〟って切実に思っていたそうよ」

「ご両親も康平さんの事を考えて山形から仙台に引っ越したのかしら。焼けた家を再建もしないで」

「いろいろなことを総合判断した結果でしょうね」

「そうね……。それが功を奏して康平さんは生まれ変わって社会人になってからは起業家として大成功を収めた。結婚して一男を儲けた。あ、二男か」

「静香」

「ごめん。でも真相解明のためには遠慮はしてられないわよ。一郎さんを殺害した犯人をなんとしても見つけないと」

「あの男が遺産を狙ったのよ」

麻紀子が言った。その声は少し震えている。

「遺産？」

麻紀子が頷く。

「及川康平は資産家です。その遺産を引き継ぐのは一郎のはずだった。でも、その一郎が死んだ」

「残ったのは友哉……。警察も康平さんが友哉を認知していたって確認したそうね」

「信じられない」

麻紀子は悔しそうに言った。

「戸籍を確認したそうだから間違いないわ。疑わしいところナシ。伊達友哉の出生からの記録を見ても、すべて明瞭よ。伊達友哉は山形県米沢市在住。一昨日、仙台にやってきたらしいわ」

「遺産の臭いを嗅ぎつけてやってきたのね」

「友哉の登場も気になるけど、もう一つ気になることを聞いたの。あなたは一郎さんを疎んじていたって」

「え？」

麻紀子が怪訝そうな顔を見せる。

「誰がそんなことを」

「言ったでしょ。あたしたちには捜査の実績があるって。それぐらいは調べられるわよ」

麻紀子は溜息を漏らした。

「仲のいい親子だったとは言えないわね」

麻紀子は素直に認めた。

「でも、そんな親子は、ざらにいるでしょう?」

「そうね」

静香も認めた。

「友だち親子もいるけどギクシャクしている親子、あるいは険悪な状態の親子も、ざらにいるのよね」

「でも大切に思っていた。親ですもの」

ひとみは自分の母親のことを思いだしていた。けっして仲が良かったとは言えない母親のことを。

「その一郎さんも亡くなって……。康平さんの遺産は、あなたと友哉さんが相続するのね」

「いいえ」

麻紀子は首を横に振る。

「わたしは相続しません」

「え? だって奥さんでしょう?」

「籍は入ってなかったんです」

「何ですって」

麻紀子の言葉に静香は口を開けたまま閉じることを忘れていた。

*

〈アルキ女デス〉の三人は宿の温泉に浸りながら事件のことを話していた。

「でも驚いたわね。麻紀子さんが入籍してなかったって」

静香の言葉にひとみは「どういう事かしら？」と質問で返す。

「何か事情があるんじゃない？　康平さんは、なるべく多く一郎さんや友哉に遺産を残したかったからとか」

「奥さんにも残したいでしょう」

「信じられなかったんじゃないかしら？」

「何を？」

「簡単なことよ、ひとみ。奥さんが近づいてきた動機よ」

「え？」

「つまりね。及川康平は資産家だから自分に近づいてくる女性は、みんな財産狙いだって思っちゃうんじゃないかしら？」

「プロ野球やサッカーの選手も、お金を稼ぐようになってもまだ独身だと身構えちゃうかもしれないわね」

「そうよ。独身のままメジャーリーグやヨーロッパのリーグに行って何十億も稼ぐようになったら、その後に近づいてくる女性は微妙よ」

「静香が近づいたら完全にお金目当てでしょうしね」

「人聞きの悪いことを言わないでよ。あたしの清純無垢な性格を知らない人が聞いたら冗談だって判らないでしょ」

本気だったとは言い出せないひとみであった。

「でも、これで犯人が判ったわね」

「え？　判ったの？」

静香は頷く。

「誰よ」

「一人しかいないでしょ」

「誰よ。勿体ぶってないで言いなさいよ」

「ズバリ、伊達友哉」

「腹違いとはいえ兄弟よ？」

「でも事件は結局、及川康平の財産を巡って起きてるのよ。だったら及川康平が死んでいちばん得をする友哉が犯人に決まってるでしょう」

「友哉にはアリバイがあるでしょ。一郎と康平が死んだときには、まだ米沢にいたのよ。それは警察も確認したらしいわ」

「そうだったわね。でも、だったらいったい……」

静香が目を瞑った。

「どうしたの?」

「何かが判りそうなのよ」

「何よ」

「遺産……米沢での火事……キャバクラの同僚が出産と同時に死亡した……そして伊達政宗……」

「伊達政宗と関係があるっていうの?」

「一郎の右目が潰されていた……」

「そうよね。そのことも謎だわ」

「でも判らない。ウォーキング・ディテクティブとバスタイム・ディテクティブで、だいぶ頭が回転してるんだけど……。東子はどう?」

静香は東子に話を向ける。

「判りそうな気はするのですけれど」

「え、そうなの？」

「はい。事件の全体像を描いたジグソーパズルのたくさんのピースが、それぞれ所定の位置に塡《は》めこまれようとしている感触があるのです」

「すごいじゃない」

「ただ、どうしても腑に落ちない点があるのです」

「何よ。腑に落ちない点って」

「及川康平さんと伊達友哉さんの顔が似ている事です」

「康平さんも友哉さんも細面。親子なんだから似てるのは当たり前でしょう。それがどうして腑に落ちないのよ？」

「それは……」

東子は言いよどむ。

「東子もまだ頭が全回転してないみたいね。牛タン・ディテクティブも必要よ」

「何それ」

「食いねえ食いねえ、牛タン食いねえ。お腹を満たして頭も満たそうってこと。本場の牛タンは、やっぱり違うでしょ」

「今は仙台の牛タンもオーストラリア産が多いのよ」

「え、そうなの？」

「国内牛を使ってるところなんて、ほとんどないわよ」

「どうしてよ」

「国内産は高いから」

「アメリカ産は安そうだもんね」

「それにアメリカ牛は舌だけ買うこともできるけど国産和牛は一頭買いするのが基本なの」

「そうなんだ。牛タン専門店が一頭買いは辛いかもね」

「ただアメリカはＢＳＥ騒ぎがあったでしょ」

「牛の病気ね」

「それでオーストラリア産がどっと増えたのよ。牛タンとしてはアメリカ産の方が向いてるんだけど」

「そうなんだ」

「アメリカ産は穀物飼育だから肉質が柔らかいの。それに比べてオーストラリア産は牧草で育つから肉が硬めよ。もちろん調理する職人さんたちの創意工夫で、おいしく召しあがれるけど」

「最初は地元の牛タンがオリジナルだったんでしょうけど今はオリジナルも変わってきているのね」

東子が立ちあがった。その裸身から湯が弾かれ流れ落ちる。

「ど、どうしたの？」

「腑に落ちました」

東子の裸身はドアに向かって進んでいった。

＊

ひとみは関係者を仙台城址の天守台跡、伊達政宗の騎馬像の前に集めた。

及川麻紀子、及川康次郎、それに〈ダテメガネ〉の芳賀茂男、八巻悠真、岩渕マサル、弁護士の二階堂学、捜査本部から大串刑事、海老原刑事の八人である。

「どうして、こんな高いところに集めたのよ」

静香が息を切らしながら言う。

「伊達政宗公の下で真実を暴きたかったの」

「そうね。〈ダテメガネ〉に関わる事件だもんね」

「それに名探偵には名探偵にふさわしい舞台ってものが必要なのよ」

「それがここ？」

「あんたたち」

大串刑事が〈アルキ女デス〉の三人を順番に睨みつけながら言う。

「犯人が判ったと言うからこんなところまで来たが、いったい誰が犯人だと言うんだ？」

ひとみは息を吸いこんだ。初めての名探偵役で緊張しているようだ。だが意を決したように一人の人物に目を向けた。

「及川麻紀子さんです」

「え？」

大串刑事が声をあげる。

「ちょっと、ちょっと」

海老原刑事が噴きだしそうな顔でひとみを窘《たしな》めにかかる。

「何を馬鹿なことを言ってるんですか。及川麻紀子さんが犯人だなんて」

「どうして〝馬鹿なこと〟なの？」

「どうしてって……。及川麻紀子さんが犯人だとしたら、麻紀子さんは我が子である一郎さんを殺したことになりますよ」

「そうだ。そのようなことは問題外だ。まったく。こんな高いところに呼びだして、とんだ茶番を食わせるとは」

「はたして、そうでしょうか」

「そうでしょうかも何も我が子を殺すわけがないでしょう。現実問題、及川麻紀子さんは亡くなったかたを除けば一番の被害者だ」

「その通りだ」

康次郎が憤慨したような口調で言う。

「馬鹿馬鹿しいにも程がある。失礼でもある。いい加減なことを言うと名誉毀損で訴えるぞ」

康次郎の言葉に麻紀子が頷いている。

「でも、そうとしか考えられない……んです」

そう言うとひとみはチラリと東子を見た。東子が頷く。

「まともに反論するのも馬鹿馬鹿しいが一応、反論すると麻紀子さんには動機がない」

「動機は遺産です」

「遺産？」

岩渕マサルが声を発した。

「まさか息子が生きていたら取り分が減るからと？」

そう尋ねてから岩渕マサルは自分で首を横に振った。

「たしかに世の中には親殺し、子殺しがあります。でも、その場合の子殺しは虐待が主でしょう。遺産の取り分を増やすために我が子を殺した事件など聞いたことがないわ」

「そもそも」

二階堂弁護士が割って入る。

「麻紀子さんは及川康平さんと籍を入れていませんでした」

岩渕マサルの目が泳いだ。

「そうなの？」

「その通りです」

麻紀子が答える。

「つまり康平さんが死んでも麻紀子さんは遺産を一銭ももらえない可能性があるんです。いえ、法律通りに解釈すれば相続権がないんです」

二階堂が補足する。

「実際に夫婦として暮らしていたのに」

岩渕マサルが呟くように言う。

「もちろん裁判になれば、その点が考慮されて遺産をもらえる可能性もあります。ただし、その場合も正当な相続人と話しあいの結果という事になります」

「正当な相続人って……」

「俺だよ」

伊達友哉が現れた。

「友哉君……」

康次郎が伊達友哉を睨む。

「現在、伊達友哉さんが正当な、ただ一人の及川康平氏の遺産相続人です」

二階堂が言う。

「そういう事だ」

「だったら、どうして麻紀子さんは殺人を犯したというのよ。一郎君が死んでも自分には遺産が入らないんなら」

岩渕マサルが疑問をぶつける。

「伊達友哉さんに遺産を相続させるためです」

ひとみの声は少し震えている。

「は？　どうして麻紀子さんが伊達友哉君に遺産を相続させる必要があるというの？」

「おそらく……」

ひとみは伊達友哉を見た。

「伊達友哉さんが及川麻紀子さんの実の子供だからです」

ひとみの言葉を、みな一瞬、理解できなかった。

「伊達友哉が麻紀子さんの子供？」

「そうよね？　麻紀子さん」

ひとみが麻紀子に鋭い視線を飛ばす。

「それは……」

麻紀子は即座に否定できない。

「伊達友哉は兄貴と伊達あやかとの間に生まれた子だ。間違いない」

康次郎がひとみの言葉を否定する。

「そうじゃないんです」

「義姉さん。この素人探偵の勘違いを正してやってくれ」

「勘違いじゃないわよね？」

ひとみの問いかけに麻紀子は答えない。

「そう考えれば筋が通るんです」

「どう通ると言うんだ」

「まず」

ひとみは何かを思いだすように顔を上に向けた。

「一郎君と康平さんの死には繋がりがあるとしか思えない。それが前提です。そして繋がりがあるとすれば考えられる要素は康平さんの遺産。ここまでは必然」

「その先は？」

「二件の殺人は遺産を巡って行われたと推測される」

「遺産目当てなら犯人は伊達友哉ということになるが友哉にはアリバイがあるぞ」

事件当時、友哉はまだ米沢にいた。

「そうなると遺産に関係するのは麻紀子さんしかいなくなります」

「麻紀子さんには相続権がないと言っただろう」

「だから友哉さんの母親じゃないかと考えたんです。そう考えればすべて筋が通るわ」

「馬鹿な。伊達友哉が義姉さんの子なら、どうして名字が伊達なんだ？　どうして伊達あやかの子として育ったんだ？」

「伊達あやかが出産と同時に死んだからさ」

伊達友哉が答えた。

「伊達あやかは、たしかに出産と同時に亡くなったが……」

「伊達あやかが産んだのは俺じゃなくて一郎という子供だ」

「友哉！」

「おふくろ。この人が」

友哉はひとみに顔を向ける。

「ここまで判ってるんなら、もう言い逃れはできない」

麻紀子が友哉を見つめる。その顔には表情が消えている。

「俺を産んだ時おふくろ……及川麻紀子は俺を捨てたんだよ」

「捨てた？」

「施設に預けたの。邪魔だったから」

麻紀子も観念したのか友哉の言葉を補足した。

「邪魔？」

静香の眉がピクンと跳ねあがった。

「自分の子でしょ？」

「男に嫌われると思ったの」

「おふくろは俺を産んですぐに父親だった男と別れて別の男と、いい仲になったんだよ」

「なんて女なの」

「別れたんじゃなくて男が逃げたのよ」

「大して変わらないでしょ」

「捜したわよ。でも行方知らず」

「それで別の男を見つけて自分が産んだ子を施設に預けるって……。その別の男とも別れたの？」

「そうよ。また逃げられたのよ」

「一緒に生活して、あなたの裏の顔を感じて逃げていったのかもね」

「とにかく、それでわたしも米沢から仙台に転居したの。そこで及川を見つけたのよ」

「そのころには及川康平さんは資産家だったわよね」

「狙い所だったわ。だから手練手管を弄《ろう》して及川を落とした」

「とんだ食わせ者だったのね」

「そうやって生きてきたの」

「それが、どうして伊達あやかの子である一郎を育てることになったの？」

静香の追求は続く。

「資産家である康平と結婚したかったからよ」

「自分の子だって嘘までついて」

「康平の考えよ」

「康平さんの？」

「伊達あやかには前科があったの。覚醒剤よ。それを康平は気にしたのよ」

「そうだったんだ」

「康平は伊達あやかと結婚なんかする気はなかったし妊娠が判ってからも堕ろすように迫った。実際、知りあいの闇堕胎を請けおう医者に話をしていたのよ」

「でも産んだ」

「間に合わなかったのよ。それが運命だったのか伊達あやかは出産と同時に亡くなって子供だけが残った」

「その子が一郎……。そこにあなたが、つけこんだ」

「人聞きの悪い言い方はやめてよ。お互いの利益が一致したのよ。わたしは康平の資産が欲しい。康平は前科のある女の子供は厭《いや》だけど自分の子は欲しいっていうね」

「その状況を、あなたはうまいこと利用したのね」

「そうよ。伊達あやかの子を自分の子として育てるという康平の条件を呑む代わりに、わたしも康平に条件を出したわ」

「あなたも？」

「私が産んだ子……友哉を康平の子として認知してほしいって」

「どうして。捨てた子でしょ」

「遺産のことを考えたのよ。捨てたとはいえ友哉は我が子。その我が子に遺産が入れば戸籍上の親子関係はなくても、わたしにとっても悪いことじゃないわ」

「愛情からじゃないの？」

「男には逃げられたのよ。頼るのは血の繋がりがある我が子だけだと思ったの」

「康平さんは、その条件を呑んだの？」

「呑んだわ。康平だって一郎を自分の子として育てたいけど母親が覚醒剤中毒の犯罪者じゃ都合が悪いもの。わたしは、それを解消する方法を知っていたし実行もできた……。夫婦の間には愛情もあったわよ」

「愛情が？」

「康平はホステス時代のわたしに惚れてたのよ。だから一緒になる話が出たの」

「なるほどね。だからあなたの出した条件も呑んだのね」

「話がまとまって、その結果、その闇医者の手引きで一郎は、わたしが産んだことになったの」

「母親が覚醒剤中毒という事実は消せたわけね」

「それが康平の望みだったのよ」

「だけど愛情があったとはいえ損得勘定で近づいてきたあなたには遺産は残したくない。少なくとも本当の愛情が感じられるまではね。だから子どもを作らなかったし籍は入れなかったのね」

「そういう事だったのか」

大串刑事が呟く。

「身勝手ね」

「それが人間よ」

麻紀子が呟く。

「ところが最近になって兄貴と麻紀子さんの間に別れ話が持ちあがった」

康次郎が割って入る。

「康平さんは最後まで、あなたとの間に〝本当の愛情〟が見いだせなかったのね」

「その通りだ、早乙女さん。そうなると麻紀子さんは兄貴の資産を手放さなければいけなくなる」

「そこで、おふくろは俺に話を持ちかけたのさ」

友哉が言った。

「殺人の共謀？」

「おふくろはハッキリとは言わないさ。だけど俺はピンと来た。すべてを察したんだ」

「離れて暮らしていても、さすが親子ね」

「遺産を独り占めできるんだ。俺にとっても悪い話じゃない」

「わたしは康平と籍を入れてないんだもの。いつかは手を打たなければいけないってずっと考えてたのよ」

「じゃあ麻紀子さんは実の子じゃない一郎さんを、実の子である友哉さんの相続分を増やすために殺したというんですか？」

岩渕マサルが訊くと「そういう事ね」とひとみが答えた。

「だけど育てた子ですよ。愛情があるでしょう」

岩渕マサルはなおも納得できない様子だ。

「なかったわ」

麻紀子が罪を認めた。

「愛情なんてなかった。康平の資産を得るために親になることを承諾したのよ。愛情なんてあるわけないでしょう。まして嫌いだった伊達あやかの子よ」

「じゃあ麻紀子さんは初めから康平さんを殺すつもりで先に一郎さんを殺害したっていうの？」

「そういう事ね」

静香が答えた。

「悪魔のような女……」

岩渕マサルが呟いた。ひとみは麻紀子を見た。麻紀子の口元が笑ったように見えた。

「悪い？　食べるものも着るものもなかった。虐められ蔑《さげす》まれて育ったの。及川康平と結婚して、ようやく脱出できたのよ。それが……」

「別れ話が出て……」

「もし放りだされたら……。また一文無しに逆戻りよ」

「慰謝料は？」

「あのケチな男が、そんなものを払うもんですか」

「だから殺したって？」

「そうよ。あたしは贅沢《ぜいたく》な暮らしを手放したくなかったの」

大串刑事がゆっくりと麻紀子に近づいていった。

＊

事件は解決した。及川一郎殺害現場から及川麻紀子、本名、服部《はっとり》麻紀子の血痕が採取されたことを受け麻紀子が全面自供したのだ。

十一月五日、夜十時頃、麻紀子は一郎を夜の散歩に誘い広瀬川の川原に連れだし隙を見て河原の石で殴殺した。母子の関係であった麻紀子には難しいことではなかった。動機は、殺害する予定だった康平の遺産を一郎に渡さないためである。ただその際、争いになり麻紀子の指が一郎の右目に入ってしまった。一郎のコンタクトレンズに自分の指紋がついた可能性を恐れた麻紀子は検出されないように一郎の右目を潰した。次に麻紀子は本丸である康平殺害に移る。康次郎所有の小屋を殺害現場に選んだのは康次郎に疑いの目を向けるためであった。そこで麻紀子は康平に睡眠薬を飲ませた後、首吊り自殺に見せかけて殺害した。

そのすべてを東子は看破した。

「顔が違うことだけが判らなかったんです。細面の及川康平さんと実際にはあやかさんの子供である一郎さんの顔が、どうして丸顔だったのか」

「そういう場合もあるでしょうけど東子は引っかかったのね」

「はい。そこで……康次郎さんが丸顔だったので、お兄様の康平さんも元々は丸顔だったらと考えたのです。さらに康平さんが丸顔だったら、どうしてその子供である友哉氏が細顔だったのか……」

「いろんな場合が考えられるだろうけど東子は〝友哉は康平の子ではない可能性〟に思い至ったのか」

「はい。そして自分の子ではない友哉氏をなぜ康平さんは認知したのか……。そう思ったときに全体像が頭に浮かんだのです」

「一気に正解にたどり着いたのね」

「頭に浮かんだ数ある仮説の一つでしたけど、その仮説を当て嵌《は》めたときだけ残りのピースも次々と嵌っていったものですから」

「大したものね。東子の類《たぐ》い希《まれ》なひらめきは名探偵向きかも。あたしは理詰めで考えるタイプだから」

　自分の方を上に考えているのだろうかとひとみは思った。

「運が良かったのです」

「あなたの実績から来る勘よ」

「東子の言うとおり康平さんが丸顔だったら、その子供である一郎さんが丸顔でも不思議じゃないもんね」

「はい」

「一郎が整形手術をしたと考えてもいいんだけど及川一郎は整形手術はしていなかったものね」

　及川一郎の死に関する捜査会議において右目の傷が問題になったとき、過去に顔に手術などはしていないことが報告されている。そのことを静香たちは大串刑事から聞いたのだ。

「静香お姉様と翁さんが仰っていた牛タンのお話がヒントになりました」

「仙台牛は、ほとんど使われていないって話？」

「はい。オリジナルは変わってしまった……。人の顔もオリジナルの方が変わったんじゃないかって気づかせていただきました」

「オリジナル……。康平さんが顔を変えていたのね」

「はい。元の顔は丸顔で一郎さんと似ていたんです」

整形したのは康平の方だと麻紀子が告白した。

及川康平は米沢で火事に遭ったときに顔に大火傷を負った。それを機に整形手術を受けた。両親の判断だった。

「康平さんが生まれ変わるためね」

静香の言葉にひとみが頷く。生まれ変わりたい……。それは虐められていた中学生の頃の康平の切実な願いだった。だから生まれ変わるために顔を変えた。住む場所も変えた。その両親の判断は結果的には功を奏した。康平は社会に出て仕事に精を出し財を築くまでになったのだ。

「整形したことは誰にも言っていないのね」

「した人はたいてい言わないいんじゃない？」

「そうかもね」

「家が全焼して子供の頃の写真も残っていないから一郎さんにも秘密にできたみたい」

「それにしても」

ひとみは物思いに耽《ふけ》る。

「及川麻紀子って悪魔のような女だったわね。わたしが対決してきた敵の中でも最大の敵だったわ」

「あなた敵が多いものね」

「そんな事ないけど」

「解決したのは東子だし」

「いずれにしても育てた子供を殺すなんて理解できないわ」

「親殺し、子殺しのニュースは、しょっちゅうあるわよ」

「そうなのよね。それだけは理解できない」

「昔からあるじゃない。戦国時代の武将たち」

「そうね。政宗だって母親に疎まれていたし」

「義姫は、けっして政宗を嫌っていたわけじゃないと思うわ」

静香が言う。

「でも静香。義姫が政宗の弟を優遇していたことは事実よ」

「それは愛情というより武家としての判断じゃないかしら」

「どういうこと？」

「政宗は片目だったでしょ。当時の感覚からしたら、そのことが家臣たちを統率する上で大きな不利になると義姫は考えたんじゃないかしら」

「理論的に弟を優遇しただけで愛情とは別って事ね」

「そうよ。それより、ひとみ。あなたの事だけど……」

静香は言いよどんだ。

「八巻さん、岩渕さんとつきあい始めたそうよ」

ひとみが静香の訊きたいことを察して言った。

「え、そうなの？」

「そう言ってたわ」

「ひとみ。もしかして告白したの？」

「したわ」

静香が息を呑む。

「返事は〝ごめんなさい〟だったのね」

「八巻さんったら〝自分には名探偵は荷が重い〟ですって」

「そんな……」

「こんなことなら名探偵にならなければよかった」

「ひとみ……」

ひとみは違和感の正体について思いだしていた。八巻と一緒に岩渕マサルに話を聞きに行ったときに違和感を覚えた。

（あのとき、岩渕マサルさんが八巻さんに対して〝あなたがそう言うなら〟と言った。わたしは〝やけに親しいな〟って感じたのね。でもそれを認めるのが厭《いや》で意識の表層から押しこめた）

ひとみはそう自己分析した。

「大丈夫？　ひとみ」

「ダイジョーブよ。美人は引く手あまただから」

そう言うとひとみは右目を瞑って見せた。

《主な参考文献》

＊本書の内容を予見させる恐れがありますので本文読了後にご確認ください。

『信長公記』（上）（下）太田牛一　原著　榊山潤　訳（ニュートンプレス）
『織田信長』脇田修（中公新書）
『甲陽軍鑑』吉田豊　編訳（徳間書店）
『面白いほどよくわかる戦国史』鈴木旭（日本文芸社）
『旅館再生』桐山秀樹（角川ｏｎｅテーマ21）
『るるぶ　松江　出雲　石見銀山　'18』（ＪＴＢパブリッシング）
『まっぷる　信州　'18』（昭文社）
『まっぷる　仙台・松島　宮城　'19』（昭文社）

＊その他の書籍、および新聞、雑誌、インターネット上の記事など多数参考にさせていただきました。執筆されたかたがたにお礼申しあげます。ありがとうございました。

＊この作品は架空の物語です。

本書は書き下ろしです。

実業之日本社文庫　最新刊

阿川大樹
終電の神様　始発のアフターファイブ
ベストセラー『終電の神様』待望の書き下ろし続編！終電が去り始発を待つ街に訪れる5つの奇跡を、温かな筆致で描くハートウォーミング・ストーリー。
あ13 2

鯨 統一郎
戦国武将殺人紀行　歴女美人探偵アルキメデス
毛利元就、上杉謙信、伊達政宗ゆかりの地を旅行中の歴女三人組〈アルキ女デス〉がまたも事件に遭遇！「三本の矢」のごとく力合わせて難事件を解決!?
く1 5

こにし桂奈
おいしいお店の作り方　飲食店舗デザイナー羽田器子
新人デザイナーの羽田器子は、容姿端麗なスーパー上司・向崎と共に依頼人たちの「夢のお店」をプロデュースするが……!?　あったかお仕事キャラミス！
こ5 1

沢里裕二
極道刑事　東京ノワール
渋谷百軒店で関西極道の事務所が爆破された。カチコミをかけたのは関東舞闘会。奴らはただの極道ではなかった…。「処女刑事」著者の新シリーズ第二弾！
さ3 7

椙本孝思
読んではいけない殺人事件
人の心を読む「読心スマホ」の力を持った美島冬華。後輩のストーカー被害から、思わぬ殺人事件の「記憶」に辿りついてしまい――!?　傑作サイコミステリー！
す1 2

田中啓文
力士探偵シャーロック山
相撲界で屈指のミステリー好き力士・斜麓山の周辺でなぜかシャーロック・ホームズの名作ばりの事件が続発。はじめて本物の事件を解決しようと勇み足連発!?
た6 4

鳥羽 亮
剣客旗本春秋譚　武士にあらず
両替屋に夜盗が押し入り、手代が斬られ、千両箱ふたつが奪われた。奴らは何者で、何が狙いなのか。市之介が必殺の剣・霞袈裟に挑む。人気シリーズ第二弾!!
と2 14

吉田恭教
凶眼の魔女
幽霊画の作者が謎の自殺。疑問を持った探偵の槙野康平は調査に乗り出すが、連続猟奇殺人事件に巻き込まれてしまう。恐怖の本格ミステリー！
よ6 1

実業之日本社文庫　好評既刊

鯨統一郎
幕末時そば伝
高杉晋作は「目黒のさんま」で暗殺？　大政奉還は拒否のはずが「時そば」のおかげで？　爆笑、鯨マジックの幕末落語ミステリー。（解説・有栖川有栖）
く1 1

鯨統一郎
邪馬台国殺人紀行　歴女学者探偵の事件簿
歴史学者で名探偵の美女三人が行く先々で、邪馬台国起源説がらみの殺人事件発生。犯人推理は露天風呂の中……歴史トラベルミステリー。（解説・末國善己）
く1 2

鯨統一郎
大阪城殺人紀行　歴女学者探偵の事件簿
豊臣の姫は聖母か、それとも――？　疑惑の千姫伝説に導かれ、歴女探偵三人組が事件を解決！　大注目トラベル歴史ミステリー。（解説・佳多山大地）
く1 3

鯨統一郎
歴女美人探偵アルキメデス　大河伝説殺人紀行
石狩川、利根川、信濃川で奇怪な殺人事件が。犯人は伝説の魔神!?　美人歴史学者たちの推理はなぜか露天風呂でひらめく!?　傑作トラベル歴史ミステリー。
く1 4

赤川次郎
哀しい殺し屋の歌
「元・殺し屋」が目を覚ましたのは捨てたはずの実の娘の屋敷だった。新たな依頼、謎の少年、衝撃の過去――。傑作ユーモアミステリー！（解説・山前　譲）
あ1 14

実業之日本社文庫　好評既刊

赤川次郎
演じられた花嫁
カーテンコールで感動的なプロポーズ、でも……ハッピーエンドが悲劇の始まり!?　大学生・亜由美に事件はおまかせ!　大人気ミステリー。（解説・千街晶之）
あ1 15

蒼井上鷹
最初に探偵が死んだ
雪の山荘で起きる惨劇……の前に名探偵が殺された!　じゃあ、謎を解くのは誰?『4ページミステリー』の著者が贈る仰天ミステリー!（解説・村上貴史）
あ4 1

蒼井上鷹
あなたの猫、お預かりします
猫、犬、メダカ……ペット好きの人々が遭遇する奇妙な事件の数々。『4ページミステリー』の著者が贈るユーモアミステリー、いきなり文庫化!
あ4 2

蒼井上鷹
動物《ペット》珈琲店《カフェ》ブレーメンの事件簿
珈琲店に集う犬や猫、そして人間たちが繰り広げるドタバタ事件の真相は?　答えは動物だけが知っている!　傑作ユーモアミステリー
あ4 3

阿川大樹
終電の神様
通勤電車の緊急停止で、それぞれの場所へ向かう乗客の人生が動き出す――読めばあたたかな涙と希望が湧いてくる、感動のヒューマンミステリー。
あ13 1

実業之日本社文庫　好評既刊

有栖川有栖
幻想運河
水の都、大阪とアムステルダム。遠き運河の彼方から静かな謎が流れ来る——。バラバラ死体と狂気の幻想が織りなす傑作長編ミステリー。（解説・関根亨）
あ15 1

有栖川有栖
ジュリエットの悲鳴
密室、アリバイ、どんでん返し……。有栖川有栖から読者諸君へ、12の挑戦状をおくる！　驚愕と嗤い溢れる傑作&異色ミステリ短編集。（解説・井上雅彦）
あ15 2

青柳碧人
彩菊あやかし算法帖
算法大好き少女が一癖ある妖怪たちと対決！「浜村渚の計算ノート」シリーズ著者が贈る、数学の知識がなくても夢中になれる「時代×数学」ミステリー！
あ16 1

天祢 涼
探偵ファミリーズ
このシェアハウスに集う「家族」は全員探偵!?　元・美少女子役のリオは格安家賃の見返りに大家の「レンタル家族」業を手伝うことに。衝撃本格ミステリ！
あ17 1

池井戸 潤
空飛ぶタイヤ
正義は我にありだ——名門巨大企業に立ち向かう弱小会社社長の熱き闘い。『下町ロケット』の原点といえる感動巨編！（解説・村上貴史）
い11 1

実業之日本社文庫　好評既刊

伊坂幸太郎
砂漠
この一冊で世界が変わる、かもしれない。一瞬で過ぎる学生時代の瑞々しさと切なさを描いた一生モノの傑作長編！　小社文庫限定の書き下ろしあとがき収録。
い121

太田忠司
探偵・藤森涼子の事件簿
人気の「探偵藤森涼子の事件簿」シリーズ傑作選！　OLから探偵に転身、数々の事件を経て成長する涼子の軌跡を追うミステリー選集。（選、解説・大矢博子）
お21

太田忠司
偽花《にせばな》　探偵・藤森涼子の事件簿
OLから探偵に転身して二十年。仲間とともに事務所をかまえた涼子が三つの花の謎に挑む！　本格ミステリーシリーズ第二弾。（解説・大矢博子）
お22

加藤実秋
さくらだもん！　警視庁窓際捜査班
桜田門＝警視庁に勤める事務員・さくらちゃんがエリート刑事が持ち込む怪事件を次々に解決！　安楽椅子探偵にニューヒロイン誕生。
か61

加藤実秋
桜田門のさくらちゃん　警視庁窓際捜査班
警視庁に勤める久米川さくらは、落ちこぼれの事務職員でありながら難事件を解決する陰の立役者だった。エリート刑事・元加治との凸凹コンビで真相を摑め！
か62

実業之日本社文庫　好評既刊

今野 敏
叛撃
空手、柔術、スタントマン……誰かを、何かを守るために闘う男たちの静かな熱情と、迫力満点のアクションが胸に迫る、傑作短編集。（解説・関口苑生）
こ29

今野 敏
襲撃
なぜ俺はなんども襲われるんだ——!? 人生を一度は放棄した男と捜査一課の刑事が、見えない敵と闘う痛快アクション・ミステリー。（解説・関口苑生）
こ210

今野 敏
マル暴甘糟《あまかす》
警察小説史上、最弱の刑事登場!? 夜中に起きた傷害事件は暴力団の抗争か半グレの怨恨か。弱腰刑事の活躍に笑って泣ける新シリーズ誕生！（解説・関根 亨）
こ211

近藤史恵
モップの精と二匹のアルマジロ
美形の夫と地味な妻。事故による記憶喪失で覆い隠された、夫の三年分の過去とは？ 女清掃人探偵が夫婦の絆の謎に迫る好評シリーズ。（解説・佳多山大地）
こ33

佐藤青南
白バイガール
泣き虫でも負けない！ 新米女性白バイ隊員が暴走事故の謎を追う、笑いと涙の警察青春ミステリー！ 迫力満点の追走劇とライバルとの友情の行方は——？
さ41

実業之日本社文庫　好評既刊

佐藤青南
白バイガール　幽霊ライダーを追え！
神出鬼没のライダーと、みなとみらいで起きた殺人事件。謎多きふたつの事件の接点は白バイ隊員――？　読めば胸が熱くなる、大好評青春お仕事ミステリー！
さ42

佐藤青南
白バイガール　駅伝クライシス
白バイガールが先導する箱根駅伝の裏で、選手の妹が誘拐された!?　白熱の追走劇と胸熱の人間ドラマで一気読み間違いなしの大好評青春お仕事ミステリー。
さ43

田中啓文
こなもん屋うま子
たこ焼き、お好み焼き、うどん、ピザ……大阪のコテコテ＆怪しいおかんが絶品「こなもん」でお悩み解決！　爆笑と涙の人情ミステリー！（解説・熊谷真菜）
た61

田中啓文
こなもん屋うま子　大阪グルメ総選挙
大阪を救うのは、たこ焼きか、串カツか。爆笑と陰謀が渦巻く市長選挙の行方は!?　大阪B級グルメミステリー、いきなり文庫！
た62

田中啓文
漫才刑事《デカ》
大阪府警の刑事・高山一郎のもうひとつの顔は腰元興行の漫才師・くるくるのケンだった――事件はお笑いの現場で起きている!?　爆笑警察＆芸人ミステリー！
た63

実業之日本社文庫　好評既刊

知念実希人
仮面病棟
拳銃で撃たれた女を連れて、ピエロ男が病院に籠城。怒濤のドンデン返しの連続。一気読み必至の医療サスペンス、文庫書き下ろし！（解説・法月綸太郎）
ち11

知念実希人
時限病棟
目覚めると、ベッドで点滴を受けていた。なぜこんな場所にいるのか？　ピエロからのミッション、ふたつの死の謎…。『仮面病棟』を凌ぐ衝撃、書き下ろし！

ち12

知念実希人
リアルフェイス
天才美容外科医・柊貴之。金さえ積めばどんな要望にも応える彼の元に、奇妙な依頼が舞い込む。さらに整形美女連続殺人事件の謎が…。予測不能サスペンス。

ち13

七尾与史
歯科女探偵
スタッフ全員が女性のデンタルオフィスで働く美人歯科医＆衛生士が、日常の謎や殺人事件に挑む。現役医師が描く歯科医療ミステリー。（解説・関根亨）
な41

西澤保彦
腕貫探偵
いまどき〝腕貫〟着用の冴えない市役所職員が、舞い込む事件の謎を次々に解明する痛快ミステリー。安楽椅子探偵に新ヒーロー誕生！（解説・間室道子）
に21

実業之日本社文庫　好評既刊

西澤保彦
腕貫探偵、残業中
窓口で市民の悩みや事件を鮮やかに解明する謎の公務員は、オフタイムも事件に見舞われて……。大好評〈腕貫探偵〉シリーズ第2弾！（解説・関口苑生）
に22

西澤保彦
探偵が腕貫を外すとき　腕貫探偵、巡回中
神出鬼没な公務員探偵〝腕貫さん〟と女子大生・ユリエが怪事件を鮮やかに解決！　単行本未収録の一編を加えた大人気シリーズ最新刊！（解説・千街晶之）
に28

東野圭吾
白銀ジャック
ゲレンデの下に爆弾が埋まっている――圧倒的な疾走感で読者を翻弄する、痛快サスペンス！　発売直後に100万部突破の、いきなり文庫化作品。

ひ11

東野圭吾
疾風ロンド
生物兵器を雪山に埋めた犯人からの手がかりは、スキー場らしき場所で撮られたテディベアの写真のみ。ラスト1頁まで気が抜けない娯楽快作、文庫書き下ろし！

ひ12

東野圭吾
雪煙チェイス
殺人の容疑をかけられた青年が、アリバイを証明できる唯一の人物――謎の美人スノーボーダーを追う。どんでん返し連続の痛快ノンストップ・ミステリー！

ひ13

実業之日本社文庫　好評既刊

東川篤哉
放課後はミステリーとともに
鯉ケ窪学園の放課後は謎の事件でいっぱい。探偵部副部長・霧ケ峰涼のギャグは冴えるが推理は五里霧中。果たして謎を解くのは誰？（解説・三島政幸）
ひ41

東川篤哉
探偵部への挑戦状　放課後はミステリーとともに
美少女ライバル・大金うるるが霧ケ峰涼の前に現れた――探偵部対ミステリ研究会、名探偵は『ミスコン』＝ミステリ・コンテストで大暴れ!?（解説・関根亨）
ひ42

水生大海
ランチ探偵
昼休み＋時間有給、タイムリミットは2時間。オフィス街の事件に大仏ホームのOLコンビが挑む。安楽椅子探偵のニューヒロイン誕生！（解説・大矢博子）
み91

水生大海
ランチ探偵　容疑者のレシピ
社宅の闖入者、密室の盗難、飼い犬の命を狙うのは？OLコンビに持ち込まれる「怪」事件、ランチタイムに解決できる!?　シリーズ第2弾。（解説・末國善己）
み92

米田　京
ブラインド探偵《アイ》
全盲の元雑誌記者が探偵に！　研ぎ澄まされた感覚と推理で難事件を解決。北区内田康夫ミステリー文学賞受賞者のデビュー作。
よ41

実業之日本社文庫 く15

戦国《せんごく》武将《ぶしょう》殺人《さつじん》紀行《きこう》　歴女《れきじょ》美人《びじん》探偵《たんてい》アルキメデス

2018年10月15日　初版第1刷発行

著　者　鯨《くじら》統一郎《とういちろう》

発行者　岩野裕一
発行所　株式会社実業之日本社
〒107-0062　東京都港区南青山5-4-30
CoSTUME NATIONAL Aoyama Complex 2F
電話［編集］03(6809)0473［販売］03(6809)0495
ホームページ　http://www.j-n.co.jp/
DTP　ラッシュ
印刷所　大日本印刷株式会社
製本所　大日本印刷株式会社

フォーマットデザイン　鈴木正道（Suzuki Design）

＊本書の一部あるいは全部を無断で複写・複製（コピー、スキャン、デジタル化等）・転載することは、法律で認められた場合を除き、禁じられています。
また、購入者以外の第三者による本書のいかなる電子複製も一切認められておりません。
＊落丁・乱丁（ページ順序の間違いや抜け落ち）の場合は、ご面倒でも購入された書店名を明記して、小社販売部あてにお送りください。送料小社負担でお取り替えいたします。
ただし、古書店等で購入したものについてはお取り替えできません。
＊定価はカバーに表示してあります。
＊小社のプライバシーポリシー（個人情報の取り扱い）は上記ホームページをご覧ください。

©Toichiro Kujira 2018　Printed in Japan
ISBN978-4-408-55438-9（第二文芸）